兆民と秋水

―自由と平等を求めて―

崎村　裕

かりばね書房

目次

一、少年秋水幸徳伝次郎

明治九年（一八七六）十二月、幸徳伝次郎は満五歳二か月で高知県幡多郡中村町の中村小学校の下等第八級に、特に志願の手続きを取って入学した。当時の小学校は下等が六歳から九歳まで、上等が十歳から十三歳までとなっていて、各級の修業期間は六か月、修業ごとに試験を受けて合格すると次の級に進めるようになっていた。下等、上等とも八級から一級まで、計十六級で、基準の修業年数は八年であった。翌十年五月、八級卒業、十一年一月第七級卒業、同年七月第六級卒業、そして同年十二月には第三級卒業、十二年七月第二級を卒業、同年十二月には第一級卒業となっている。ここで注目されるのは、第六級から、半年後には、五級と四級を飛び越して三級を卒業していることである。

伝次郎は同月、小学校上等八級に進み、十四年（一八八一）六月、十一歳で、上等四級を卒業し、中村中学（高知中学校中村分校）に入学している。明治十四年に学制が変わって小学校は初等科三年、中等科三年、高等科二年となり、中等科を卒業すると中学校に入れるようになった。上等四級というのは高等科に直すと高等科一年生の前半ということになるから、半年の飛び級ということになる。

中村町はその後中村市となり、現在は四万十市になっている。私は二〇一二年の秋、同市を訪れた。高知駅から特急列車はひたすら西へと走り、中村駅まで二時間近くかかった。土佐国、高知県は広々とした讃岐平野と違って、一つの盆地の端の山にくり抜かれたトンネルを抜けると、また次の盆地に出るといった具合だった。市は、西を流れる四万十川と東の後川に挟まれた扇状地に開けた町で、人口約三万七千、太平洋の河口にある下田港まで約六キロ、足摺岬まで四十キロ弱、バスで二時間余りである。

中村駅は中心市街地から約一・五キロ南にあり線路は、高架となって市街地を通り抜け、終点の宿毛《すくも》駅に続いている。この町は、応仁の乱によって焼野原となった京都を逃れた前関白一条教房が、市の中央の小森山の麓に館を構えたときに始まったとされる。館を御所と称し、東を流れる後川を賀茂川に、後川の東の佐岡を東山に、佐岡の北、市の北東の鬼門にあたる石見寺山を比叡山にたとえた。市街地にも中村一条通りとか、中村京町の名前が残っている。関ヶ原合戦の後、山内一豊が土佐領主となったが、中村には弟の康豊を入れ、中村三万石となった。明治二年、山内容堂は薩摩、長州、肥前藩主とともに率先して版籍を奉還して高知県となった。道路標識には「高知まで百十五キロ」とあった。市役所は中心市街地の南端にあり、私はまず市役所からタクシーで小森山の為松公園に建てられた秋水が死刑判決の夜、獄中で看守の菅野丈右衛門の求めに応じて作った漢詩の碑を見に行った。タクシーは坂を上り始めたかと思うとたちまち止まった。右の急な階段の上だという。車から出たが、腰痛のため杖を突いている私を見て、運転手は階段を登るのは無理と見たのか迂回して、階段の上に出てやるという。鋭角のカーブを何度も切り替えをして、登ると目の前に碑が現れた。昭和五十八年（一九八三）に建てられたというが、まだ新しく、秋水の文字の墨痕も鮮やかに感じられた。原文は省略して、書き下し文を書いておこう。

区区《まちまち》の成敗しばらく論ずるのをやめよ、千古ただまさに意気存すべし、かくのごとく生きかくのごとく死す、罪人また覚ゆ布衣（平民）の尊きを

裏には秋水の略伝があり、隣には平成十三年（二〇〇一）に建てられた一海知義の現代語訳版があった。原文の下に読み下し文、左に現代語訳、があり、釈文、神戸大学名誉教授一海知義、起草東京都立大学名誉教授、立命館大学名誉教授、経済学博士塩田庄兵衛とあった。

次は秋水の墓である。タクシーは坂を下ったかと思うとすぐに止まった。眼の前の細い小路の奥だという。よく見ると真鍮の案内板があり、幸徳秋水墓と刻まれている。小路を辿ると奥は小さな公園くらいの墓地で、秋水の墓はすぐに分かった。高さ一メートル程の小ぶりの墓石で、「幸徳秋水墓」という字が何とか読める。風化が相当に進んでいる。畏友小泉三申の筆であるという。右側面の「明治四十四年一月二十四日死行年四十歳」、裏面の「駒太郎建之」もどうやら判読できる程度である。幸徳駒太郎は旧姓長尾、始め番頭として幸徳家に入ったが、後、伝次郎が成人するまでの中継ぎ養子となり入籍した。墓の後に「二千十二年一月二十四日、幸徳秋水先生百一周年忌」と書かれた白木の墓標が立てかけてあった。三申小泉策太郎は秋水が板垣退助の「自由新聞」に入社したときの同僚で、以来、思想は違っても、秋水を経済的、精

神的に支え続けた。墓は、刑死後間もなく建てられたらしい。大正三年十月十五日、大杉栄によって月刊「平民新聞」一号が出されたが、そこに秋水の墓の写真が載っている。隣には「師岡千代子墓」と「坂本清馬墓」がありこれらは比較的新しい。師岡千代子は秋水の二度目の妻、宇和島藩士師岡正胤の二女、後、秋水に離婚を言いわたされたが、陰に陽に秋水に寄り添い、秋水の思い出「風々雨々―幸徳秋水と周囲の人々」を昭和二十二年七月隆文閣から出版した。坂本清馬は高知市の出身で、小石川砲兵工廠の警夫などをしていたが、秋水の著書を読んで、共鳴、巣鴨の平民社に書生として住み込んだ。しかし管野すがのことで、秋水と喧嘩別れして、飛び出し、各地を放浪、印刷所の活版工をしているとき逮捕され、死刑の判決を受けたが翌日無期懲役に減刑された。昭和九年に出所、大逆事件最期の生き残りで、戦後大逆事件の再審請求を出したが最高裁で却下された。昭和五十年に八十九歳で病没した。

次は秋水生誕の地である。墓地から出たところはアーケード街で、ここが中村一条通りである。しかし、人影は見当たらない、ようやく店の前で打水をしている中年の女性に聞いてみる。「さあ、お墓はすぐそこだけど、生まれたところねえ、ちょっと聞いてみてやる」と奥へ入り、間もなく出てきたが分からないという。

私はホテルで簡単な地図を貰ったのを思い出した。見るとちゃんと出ている。一条神社の角を左折して二百メートルくらい、中村京町通りだ。気が付くと、すぐ左に一条神社という石塔が立っており、急な階段があった。腰痛なので、神社の参拝は遠慮して、左折、ときどき道端の石で休んで着いた。何の変哲もない普通の民家だったが、入口の門柱に解説があった。石の部分に「史跡めぐり幸徳秋水生家（俵屋）跡」とあり、下の銅板には「明治四年秋水はこの地にあった俵屋で生まれました。俵屋は薬種業と造酒業を営む商家で、秋水は父が嘉平次、母が多治、四人兄弟の末子です。本名は伝次郎。若くして自由民権運動に加わり（明治二十年）、さらに社会主義者として活動するなど大きな足跡を残しています。明治四四年（一九一一）いわゆる大逆事件に連座させられ、同年一月二十四日に四一歳の若さで絞首台の露と消えました。墓は中村市山手通りにあり、為松公園には『幸徳秋水絶筆』の碑があります」とあった。「連座させられ」ということは、不本意に、意に反して無理やり、という意味なのであろう。大逆事件の首謀者という権力側の宣伝に真っ向から反対した表現と思われる。

　幸徳伝次郎の父は幸徳篤明（通称嘉平次）で、母は多治（通称多治子）であった。幸徳家の遠祖は安倍晴明の流れをくむ陰陽師の幸徳井《かでい》某であると伝えられるが、はっきりしているのは大阪の幸徳篤胤で、和漢薬を商っていた俵屋嘉平次という男と昵懇になり、土佐中村に来て、俵屋の養子となった。その五代の裔が篤明である、篤明は嘉永四年第二区四カ村の村長に任命されている。家屋敷は約五百坪もある大きなものであった。母の多治子は中村町の郷士で医師でもあった小野竜雲の娘。二人の間に、長女の民野、長男の亀治、二女の牧子と二男の伝次郎が生まれた。民野の前に嘉久太という男子が生まれたが夭折、入籍はしなかったという。

　しかし、明治五年の九月篤明は三十八歳で突然病死してしまう。伝次郎は二歳であった。家運も傾いていた。親戚の桑原某が銅山の採掘権を得、篤明はその銅山に出資して失敗したからだといわれている。明治六年、長男の亀治が篤明の兄の勝右衛門（通称克作）の養子となり入籍したので、伝次郎が幸徳家を継ぐことになった。伝次郎なる名前は健康に育つようにと、近所の貧乏だが子だくさんの家に頼んでつけてもらったのだという。土地の古い風習であったらしい。伝次郎はこの名前が気に入らなかったが、後年、中江兆民の号の一つ秋水を貰い得心した。伝次郎は、丈夫な子にという家族の願いにもかかわらず、胃腸障害があり、腹を下してばかりいる虚弱児だった。外で遊ぶことはめったになく、家にあった絵草子や錦絵を眺めて暮らしていた。ものごころついた頃は、父のない子といわれることと、親類の子はみな士族の子なのに、自分だけがなぜ士族の子ではないのか、という二つのコンプレックスに悩まされた。父篤明（嘉平次）の兄勝右衛門（克作）は町老役をつとめ明治四年には士族の称を与えられたが、篤明は商人ということで平民となっていた。

私は生家跡から再び市役所に向かった。市役所二階の図書館にある幸徳秋水資料室を見るためである。資料室は司書カウンターの後ろだった。まず目に入ったのは秋水が、明治三十四年十二月九日田中正造に頼まれて徹夜して書き上げた天皇へ直訴する訴状である。秋水は早朝、旅館に泊まっている正造に届け、正造は直ちに議事堂に向かったがまだ早かったので衆議院議長官舎に入ってこれを読み、気に入らない箇所を訂正した。「陛下深仁深慈臣が狂愚を憐れみて」の「狂愚」を「至愚」に直すなど十箇所余りを直した。「臣」は田中正造である。私は訂正するならむしろ清書すべきではなかろうかと思い、時間がないから止むを得なかったからかとも考えたが、訴状には訂正箇所に田中正造の印が押してあった。すっかり忘れていたが公文書は訂正したらそこに押印すればいいのだった。なるほどと思った。この訴状の原本は栃木県の佐野市にあり、写しであるとのことだった。そのほかで目についたのは、額入りの秋水絶筆の漢詩、クロポトキン著、秋水訳の「麺麭の略取」、秋水著「社会主義神髄」、「基督抹殺論」、「二十世紀の怪物帝国主義」の初版本、写真、手紙などだった。

幸徳伝次郎に戻ろう。明治十一年、伝次郎八歳のとき母方の祖母小野須武子の還暦の祝いのとき伝次郎が作った漢詩がある。原詩は省略して読み下し文を書くと、以下である。

賀寿筵は開く六十の春満堂友を迎えて酒一巡
鳳雛《ほうすう》膝を巡って相伝えてう誰か侃母《かんぼ》に似て緑髪新た（原詩省略）

鳳雛は鳳凰の雛で、将来優れた人物になる素質をもった子供で、ここでは孫たちのことであろう。侃母は厳しい母。平仄もちゃんと合っているという。絵草子や錦絵にあきると父の蔵書を手当たり次第に乱読していたらしい。

しかし、伝次郎が正式に漢学の学習を始めたのは九歳で幡多郡随一の儒者と呼ばれた木戸明鶴洲の修明舎に入ってからであった。ここで、まず『孝経』の素読を受け、次いで『三国志』、『唐詩選』などに進んだ。『孝経』は孔子が門人の曾子に孝が徳の基本であることを説いた書で、成立年代は不明とされる。『書経』、『易経』、『詩経』、『礼記』、『春秋』の五経と並んで重視された。素読は、内容には触れずただ文字を読むだけだが、「読書百遍意おのずから通ず」といわれるように、漢文の学習法としては理にかなっていた。ここで伝次郎はめきめき頭角を表し神童と呼ばれるようになった。また、このころ、絵入の『兎猿合戦』という本を作った。

維新に際しては、板垣退助、谷干城らが率いる土佐藩の軍隊は、鳥羽・伏見の合戦以来、各地を転戦、関東では近藤勇を裁判にかけ処刑し、会津藩を撃破し郷里に凱旋してきた。このなかに中村出身で、母多治子の従兄にあたる安岡良亮がいた。安岡は新政府によって熊本県令(知事)に任命されたが、明治九年狂信的な神風連という集団によって暗殺された。これにともなって東京で暮らしていた家族は郷里中村に帰り、三男の安岡秀夫は中村小学校に入った。一つ上に伝次郎がいた。秀夫は成績がよかったので、いささか天狗になっていたが、伝次郎は抜群の秀才であることが分かると、以後、常に伝次郎を模範とするようになった。

十二歳の頃というから、中村中学時代と思われるが、伝次郎は独自の新聞をつくり始めた。秀夫は東京に残った兄の雄吉に頼んで、「絵入自由新聞」や「団々珍聞」などを送ってもらっていたが、伝次郎も小学校の近くにあった秀夫の家でこれを耽読した。土佐は板垣退助の出身地なので、自由党の本場で自由民権運動が盛んだったが、中村の地は逆に保守的で、帝政党の地盤であった。伝次郎も最初は立憲帝政とか、漸進主義とかいっていたが、まもなく、自由民権を口にするようになった。中学の上級生らが、幸徳は生意気だと騒ぎ、「擦っ

少年時代の秋水（12歳ごろ）

てやろうじゃないか」と誰かが言いだし、秀夫も賛成したりしたが、それもいつしか立ち消えになり、秀夫もいつの間にか自由民権主義になっていた。「擦る」とは殴り倒すというような意味らしい。そのうちに仲間が出来、秀夫の家か伝次郎の家に集まって、それぞれが新聞のようなものを作った。どこそこの家の犬は五匹の子犬を生んだとか、誰それの家では井戸を掘ったとかいう記事の横の社説にあたる欄には、論説めいた文が掲載されるのが常だった。

あるとき、帝政党の演説会が行われることになった。演説の後は野外での懇親会で、酒を飲み、剣戟、旗奪い、綱引きなどが行われる。

「おれたちも何かやろうじゃないか」伝次郎がいった。

「えっ、大人に混じってか、何をやるんだ」誰かがいった。

「自由民権をみんなに知らせるんだ。紙に民に自由を、とか民に権利をとか書いて竹竿につけて、一列になって宴会場をのし歩くんだ、面白いだろう」

「でも、どやされるんじゃない」という意見も出たが、面白いということになり、皆で紙の旗を作った。「子供に学校教育を」とか「子供にも権利あり」というのもあった。

運動会と同じで、中央の広場では競技が行われ、その前に莫蓙や筵を敷いて、大人たちが飲み食いしている。そこに伝次郎を先頭に旗を持った子供たちが入ってきた。秋水は成人しても五尺（百五十センチ）くらいしかなかったから、この頃は四尺七、八寸くらいだったと考えられる。子供たちは「自由党万歳」と叫んだ。

「なに、自由党、しかし、子供じゃないか」とか「こんな出し物はあったっけ」などの声が上がったが、中央の広場から、観客の前に行進してくると、旗の字が読めるようになった。「民に自由を、民に権利を、こりゃあ自由民権じゃないか、でも子供じゃしょうがない」ということになり、行進は無事終わった。

このような子供とは思えない遊びの他に、伝次郎は仲間とともに野山を駆け回り、魚取り、木の実取り、小鳥の巣取り、キノコ採りと、普通の子供らしい行動もした。月に一度くらい屠牛が行われていたが、友達同士で二銭くらい出し合うとある程度の量の肉が買えた。それを山の上に持って行って、石盤を鍋の代りにして焼き、塩をまぶして食べたこともあった。石盤は粘板岩の薄い板に枠をつけ、蝋石で字や絵を書く道具で、明治のころ学童にノートの代りに広く用いられた。

先に紹介した、町の東北にある石見寺山には中腹から頂上にかけて八十八体の石地蔵が並んでいた。町の豪商が近隣の住民から浄財を集めて建立したものであった。これら地蔵をかたっぱしから谷底に突き落としたことがあった。地蔵は芝の生えた斜面を面白いようにごろごろ転がり落ちた。しかし、五、六日して登ってみると地蔵はまた元どうりの場所に立っていた。子供たちは地蔵自ら這い上がってきたのかと思い、背筋が寒くなった。後に安岡秀夫は「何でも偉いもの、上に立つものと伝統的因習的に許されたものに対して突っかかってみたいという感情が常にこの種の思想に伴っている。石地蔵突きなどの一条も、またこの感情から出たものと見ることが出来よう」と書いている。他人の家の柿や薩摩芋を勝手に取って食べたりしたが、路傍の無人の野菜や果物、干物、藁草履などの販売所のものに手をつけることはなかった。この種の店は今でも田舎の奥に行くと見かけることがある。「茄子五個百円」とか書き、横に貯金箱のような箱を置いてあるだけである。近くの民家を訪ねると、玄関の戸が開いている。在宅だろうと思って声をかけるが静まりかえっている。多分老夫婦は近くの畑にでも行ったのだ。このように外出するときも戸締りしないのが当たり前なのだ。建物の廊下にも入れないオートロック式のマンションが普及した都会生活の常識からすると信じられないだろう。

また幡多地方には「やぐら」または「泊まり屋」と称する高床式の奇妙な建物が方々にあった。建物には、はしごを登って入るのである。戦国時代一村一城の頃、見張り台として建てられたのが起源と伝えられるが、幕末から明治にかけては若者の社交の場として使われるようになり、男女の密会の場にもなった。建物の中には稲藁が積んであり藁の中に入ってしまえば、簡単には見つからない。安岡秀夫は「恐らくその頃では中流以下の娘で婚期まで処女であり得るものは稀であったろうと思う。しかもこれはかなり割引した話である」と書いている。伝次郎もこうした風俗と無関係であったとは考えにくいのである。後年、遊郭に出入りし、自分の婚礼の夜、花嫁を置き去りにして吉原に現れ、管野スガをめぐっての荒畑寒村との確執などにも、影響が及んでいると見るのはうがち過ぎだろうか。国木田独歩や北村透谷などの自由恋愛は近代的女性観を生んだが、これらの体験はむしろ封建的な女性観を形成したのかもしれない。なお、宿毛市山名町芳奈浜田の「泊まり屋」は国の重要有形民俗文化財に指定されている。

明治十八年（一八八五）六月二十日、幸徳伝次郎は中村中学校第三学年後期を終了したが、同年七月、財政難の高知県は中村中学校を高知中学校に吸収合併するという名目で廃校にした。

なお政府は明治十四年（一八八六）に中学校を初等中等科四年、高等中等科二年と定めているので、中村中学校は初等中等科のみ設置されていたものと思われる。幸徳家は先に述べた銅山への投資の他、同族会社同求社を設立して、駒太郎を事務長にして事業の拡大を図っていたが、これが失敗、多額の負債を抱えていた。同級生の一部は高知中学に転校したが、幸徳家は伝次郎を高知に出す余裕はなかった。

同年六月、幸徳一族の中心だった幸徳克作死亡、七月には台風によって四万十川が氾濫して、中村の町全戸が浸水した。

しかし、伝次郎は高知へ行けなかった少年たちを集めて淡成会という会を結成して、無住の寺、地蔵寺で学習会を始めた。この学習会には漢学の素養が深い漢方医の野並玄朴の指導があったとされる。当時の新聞は、伝次郎が「一を聞いて十をさとる利発さに、（玄朴）翁も舌をまきたりとぞ」と伝えている。学習会が終わると、誰かがどこからか酒を持ってきてパーテイになるのが常であった。アルコール消費量は日本で一、二を争う土地柄で、現在のような飲酒規制もない時代だったから、十五、六歳になれば酒を飲むのが普通だった。

伝次郎の酒の飲みはじめは、十一、二歳の頃、氏神様のお祭りのとき、お供え物を届けに神社に行き、そこの大人たちに無理に酒を飲まされて、前後不覚に酔いつぶれたときという。

この年の十二月、自由党の領袖林有造が宿毛から県議会議員選挙の件で、中村を訪れた。林は高知藩の宿毛家家老岩村家に生まれたが、林家に養子に行った。維新の際は勤王討幕に参加、高知県参事になり、外遊もしたが、征韓論で分裂の際、職を辞して、帰郷した。その後板垣退助らと自由民権運動を組織し、西南戦争のとき政府転覆のクーデターを計画したが、失敗、内乱罪に問われ禁固十年の刑に処せられた。明治十七年刑期の四分の三を終えたとき仮出獄、東京の岩村家で、健康の回復に努めたのち、十八年の十二月、宿毛に帰郷したのだった。なお、林の実兄岩村通俊は北海道長官になっていた。

このとき林有造は四十五歳、伝次郎は十五歳であった。伝次郎は日記に「林有造君宿毛より中村に来る。・・・はじめて天下の英雄・豪傑なるものを見たり」と書いた。翌十九年一月県会議員の選挙が行われたが、激しい帝政党の選挙干渉もあり、定数三は帝政党が独占し、自由党は帝政党最下位当選者の三分の一の得票で落選した。

二月、板垣退助が狩猟の目的で中村に来訪した。有志が自由亭という料亭で歓迎会を開いた。この席で伝次郎は、歓迎の辞を読み上げた。板垣は、人民による自治が大切なこと、そのためには人民は自由でなければならない、また、名君、賢相といった偉すぎる指導者は人民がその権威に頼りすぎるから、かえって有害である、青年はすべからく身体を強健にすべきである、と演説した。伝次郎は日記に「はじめて自由の泰斗なるものを見たり」と書いた。板垣退助は土佐藩の藩士の家に生まれた。郷士ではなく、山内家の家臣である。討幕運動に参加、新政府の参議という要職についたが征韓論で政府が分裂したさい西郷とともに野に下り、高知で立志社を設立し、自由民権運動の中心的存在になっていった。明治十五年自由党の総裁となり、岐阜県下を遊説中、帝政党の刺客に襲われた。そのとき「板垣死すとも自由は死なず」と叫んだが、これが有名になり、自由民権運動の象徴的存在になっていた。

同じ二月の二十二日、伝次郎は高知遊学に出発した。帝政党でかたまった親類縁者が、自由民権運動に深入りする伝次郎を見て、何かと苦情をいってきたこともあり、母の多治子と養子の駒太郎が苦しい家計のなかからなんとか学資を工面したのであった。高知までは海路を取るのが普通で、船は下田を出港、各港に寄港して、十時間近くかかって高知港に着いた。なお、政府は明治十九年学制を改め初等、高等を廃して中学校五年制としたが、すでに旧制度で入学している生徒には新制度は適用しなかったと思われるので、伝次郎は初等科四学年に編入されたと思われる。

高知には伝次郎がかつて漢文を習った木戸明が高知中学の教師になり、かつ市内の自宅に遊焉義塾という漢学塾を開いて中村や幡多郡の中学生を寄宿させていた。伝次郎はこの塾に落ち着き、日記に「先生は、予が出高せるを見て、おおいに喜べり」と書いた。間もなく詩会が開かれ、伝次郎の作った「春雨」という詩が先生におおいに褒められた。

濛々たる春雨久しく晴れがたし晴烟山腰をめぐりて十里横たわる
午睡覚めきたりて一事なし静かに聞く窓外落花の声（原詩省略）

しかし、伝次郎は寄宿舎が汚いのが気になってきた。敷きっぱなしの万年床、ごみが積み上がり、至る所に紙や汚れた衣類が落ちていた。それに食事が粗末なのも耐え難かった。おかずは漬物だけ、一週間に数回、煮物と魚が出るだけだった。通学以外の外出は一時間だけで、新聞や小説の類の持ち込みは禁止だった。

安岡秀夫もこの塾にいたが、粗末な食事に耐えられず、同郷の人の家から三食運んでもらっていた。が、伝次郎は学費も乏しく、それは叶わず、塾を出ようとしたが、成功しなかった。

また、高知には板垣退助の立志社の他に嶽洋社、回天社、有信社など自由民権派の結社が多く、帝政党の塾であると考えられていた遊焉義塾は目の敵にされた。塾は四月下旬に、お城の近くから市の南を流れる鏡川沿いの鷹匠町に移転したが、塾は堤防のすぐ内側にあったため、堤の向こうの河原から石つぶてが雨霰のように飛んでくることがあった。そんなとき塾生は突撃隊を編成して河原に突進して、いたずら者を捕まえた。

小説の持ち込みは禁止、と書いたが、安岡秀夫は、学校の科目よりも、塾の先生の講義よりも頭に食い込んだのは、柴四郎の『佳人の奇遇』などの生き生きした詩文であった、と書いているので、禁止はそれほど厳しいものではなかったのだろう。

ちょうど移転したころ、伝次郎は肋膜炎にかかった。不衛生と栄養不足が原因と考えていいだろう。病状は悪くなる一方なので、五月八日、市内の名医として評判の高い大黒田竜院長の自然堂病院に移された。間もなく、母の多治子と幸徳克治の養子になった長男の亀治がかけつけ、看病にあたった。亀治は薬局生修行中だった。一時は重体に陥ったが、名医の治療と二人の必死の看病のおかげで八月下旬には退院することができ、ひとまず、郷里の中村に帰って療養することになった。

ところが帰郷して数日後、中村の町は大洪水に襲われ、一家は天神社の境内に逃れ助かった。

しかし、水はなかなか引かなかったので、物資は極度に欠乏した。そんななか、伝次郎の身体は徐々に回復し、翌明治二十年（一八八七）一月、遊焉義塾に戻り、高知中学に復学した。このとき何学年に入ったのか不明。

六月、進級試験があり、伝次郎は落第した。一年近く授業を受けていないのだから無理もないと思われるが、幼少時から神童、天才といわれ、飛び級が当たり前だった伝次郎には大変なショックであり屈辱であった。七月、伝次郎は遊焉義塾を出て近くの家に下宿したが、家族に呼びもどされて中村に帰った。

八月十八日、高知に行くといって家を出たが、実は東京へ行くつもりだった。懐中にはわずか五十銭のみ、家にあった『史記』、『唐宋八大家文集』を風呂敷に包んだ。五十銭で高知までの船賃が足りたのか、二十日、高知に着いた。ここで持ち出した本を売り、四円五、六十銭を得た。高知では、知り合いの自由党関係者の家に泊めてもらったらしい。このころ、外相井上馨は不平等条約改正に腐心していたが、井上が用意した改正案に、外国人裁判官登用の条項があることが漏れて問題になり、板垣退助の意見書がひそかにコピーされて高知市内にも出回り、後藤象二郎が全国自由民権の同志の大同団結と反政府の運動を訴える演説を各地で行うなど世の中は騒然としていた。

伝次郎は九月七日、汽船出雲丸に乗り、八日、神戸着、欧州航路の長門丸に乗り換えて九日の夕刻横浜港に着いた。たまたま船中で高知県出身の若い男と親しくなり、男の後について汽車に乗り新橋駅到着、男の案内で神田錦町の高知屋旅館に入った。旅館は郷里から出てきた者を何はともあれ泊め、何かと便宜をはかっていた。そうした便宜によって、中村の地で接した林有造に面会することが出来、小石川丸山町の北海道長官の林の実兄岩村通俊の別荘に住むことになった。岩村は任地にいたので、留守居役を引き受けたのだ。

「広い家に一人は寂しかろうが、それはこらえてくれ」と林がいうと、伝次郎は

「いや、久しぶりで伸び伸びとします」と答えた。

更に幸運なことには自由党の林包明《かねあき》が経営する神田猿楽町の英学館に通学することを認められた。

「前途ある若いもんは勉学せにゃいかん、何、学費のことは心配するな、わしがなんとかしよる」林有造はいった。

思いがけない幸運によって順風満帆に見えた東京暮らしだったが、四か月後大事件が起こった。不平等条約改正問題で、全国の有志が、言論集会の自由、地租軽減、外交失策の挽回、を求める三大建白書を元老院に提出していたが、十二月十五日、二府十八県の代表が東京に集結して、建白書の具体化を求める大運動を起こした。暴動の噂が流れるなど東京は騒然とした。これに対して、伊藤博文内閣は十二月二十六日、秘密の集会、結社の禁止、屋外集会の制限、新聞の検閲実施、危険人物の退去を内容とする保安条例を公布、内務大臣山縣有朋は二百九十四人を危険人物として、皇城三里外に退去するように命令した。林有造、中江兆民、尾崎行雄もその中に含まれていた。さらに命令は続き追放者は五百七十人に及んだ。とくに危険視されたのは高知県人で、カツオ節売りや学生までが追放の対象になり、伝次郎もその例外

ではなかった。

この年は明治二十年（一八八七）で、東海道線の横浜神戸間全通は明治二十二年である。伝次郎は仕方なく東海道を西に向かってとぼとぼ歩いた。「十二月二十六日、保安条例によって退去を命ぜらる。東海道を徒歩西下す。このとき汽車いまだ全通せず、ああ、帰路実に寒かりし，飢えたりし」と伝次郎は後に書いている。船に乗る船賃がなかったのか、それとも船には乗れなかったのか、木賃宿に泊まり、神社の拝殿に潜り込んだこともあっただろうし、民家にも泊めてもらったのであろう。かつての日本は相互扶助はあたりまえだった。ともかく二十一年の元旦の夕刻、三河の豊橋に着いた。東京豊橋間は東海道線で約二百九十キロ、一日四十数キロ歩いたことになる。伝次郎は数えで十八歳になった。高知中学校は二十年十二月十日付けで、無断欠席の理由で伝次郎を除籍した。

（東海道線は一部開通していたので、その間は列車に乗ったと考えられる。）

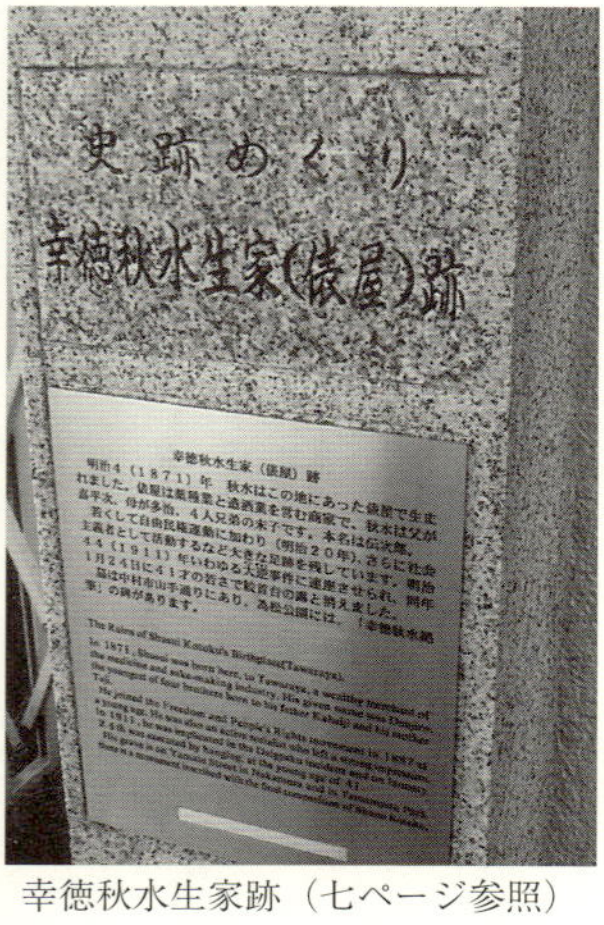

幸徳秋水生家跡（七ページ参照）

二、幸徳伝次郎中江兆民の玄関番になる

明治二十年（一八八七）十二月二十六日、伊藤博文内閣によって突如だされた保安条例によって、幸徳伝次郎は強制的に東京から退去させられた。警察は、片岡健吉、林有造、中江兆民、尾崎行雄をはじめ退去該当者を一旦署に連行して、二十四時間以内、または三日以内に首都から出るように命令した。

幸徳伝次郎は、とにかく東海道を西に向かってひたすら歩いた。そして「年譜」によると翌二十一年の元旦の夕刻に三河の豊橋に着いたとなっている。新橋、横浜間は汽車に乗ったとして、横浜、豊橋間はJRの東海道線で約二百六十五キロ、二十七日から歩き始め、元旦も歩き続けたとして、一日平均四十五キロ歩いたことになる。「ああ、帰路実に寒かりし、餓えたりし、十八歳、新年を三州豊橋に迎えたり」と伝次郎は後に書いているが、これ以外の記録はないので、実際何処で寝て、何を食べ、どういう経路をたどったのか分からない。横浜、神戸間の鉄道の全通は明治二十二年である。関西方面に行くには横浜から船に乗るのが普通だが、何らかの理由で乗船できなかったのだろう。十八歳とあるが、数え年で、満年齢は九月生まれなので十六歳であった。なお、伝次郎の手記は『後のかたみ』、『兆民先生』、『兆民先生行状記』を基本にし、以後原文はできるだけ現代風に改めた。

文は「阪府にとどまって学ぼうとしたが、これもまた他のために干渉されて、郷里に連れ戻

された。一月十五日帰郷」と続く。大阪には伯父幸徳克治の養子になった実兄の亀治が薬剤師の学校に行っていたので、伝次郎は大阪を目指していたと考えられる。豊橋からどうやって大阪に出たのか、これも謎であるが、蒲郡港あたりから船に乗って、熱田港で乗り換え、紀伊半島を回って大阪に着いたのではないだろうか。船賃が無ければ乗船できないが、満十六歳、今なら高校一年生である。三等運賃ならそれほどではないし誰かが出してくれたのかもしれない。とにかく大阪の実兄の下宿に転がりこんだのであろう。ところが間もなく、中村から迎えが来た。多分、兄が実家に電報を打ったのであろう。電報は明治八年（一八七五）には全国に打てるようになっていた。

高知県幡多郡中村町京町の自宅に戻った伝次郎は自室にこもったまま、外出もめったにしなかった。親類縁者といえば、まず母多治子の実家小野家の人々になるが、当主の道一は桑原家から養子に入った人であったが、その道一はもちろん、桑原家の人々も、また長姉民野の嫁ぎ先の福島家の当主芳太郎も、幸徳家に来て、伝次郎について口々に苦言を述べた。伯父の克治はこのとき他界していた。

「なぜ去年の八月、無断で家を飛び出し、東京くんだりまで行ったのか」、「これからどうするつもりなのか、ただブラブラしていても困る」、等々であったが、母の多治子は、ひたすら頭を下げ、ときどき「父親さへ生きていたら、親類縁者に対する気兼ねもなく勉強ができたのに」といった。神童、天才といわれた伝次郎は今に芽を出すものと信じていたのであろう。次

は、このとき作った漢詩である。（原詩省略）

剣を撫して鳳闕を辞す書をなげうって故郷にかえる
児女多く本を楽しむ春日花のために狂う。

鳳闕《ほうけつ》は、宮城のこと、ここでは東京をさす、伝次郎は学問で身を立てることは到底望みなしと諦めたが、さればといってどうしたらいいのか分からなかった。半年あまり、鬱屈した日々を送っていたが、家に籠っていることに耐えられなくなったのか、六月二十四日再び家をとび出した。旧中村藩の藩校敬志館の助教をしていた酒枝義員や自由民権運動に参加したことのある高木行正らと政談演説をして賽銭を稼ぎながら宿毛から宇和島へ出、さらに九州にわたり、長崎から上海への渡航を計画したが、失敗した。愛媛県の大洲に戻ったところで路銀がなくなり、一行は解散、一人になった伝次郎は宇和島に行き、酒枝義員宅を訪ねたとする説もあるが、酒枝の家は、現高知市になっている土佐郡小高坂村なので、宇和島からは百五十キロ以上離れている。明治二十二年の日記の七月に「二十八日酒枝義員宇島より来たる」とあるので宇和島に寓居があったのかもしれない。が、確かなのは宇和島の高木行正の家の居候になったということだろう。酒枝義員は伝次郎宛ての何通かの手紙を残しているが、高木行正はどういう人物であったのか分からない。とにかく伝次郎はその後高木の紹介で宇和島市神田川原の日蓮宗法円寺の一室に寺男として住むことになった。法円寺は寛文四年（一六六四）宇和島藩伊達家第四代藩主の生母と奥方の菩提寺として創建された。伝次郎はここで本堂，庫裏、境内の清掃をし、畑を耕し、精白のための米を踏んだ。読書の暇などはなかったが、それでも寺にあった、法華経などの仏典を読んだ。

九月、東京からの退去命令が解除された。大阪へ行こうとも思ったが、先たつものがない、郷里に帰るしかなかった。法円寺にいたのは二か月足らずであった。

十一月二日、伝次郎は三度家をとび出した。一回目は二十年の八月十八日、このときは思いがけない幸運によって、東京生活が順調にいくようにみえたが、保安条例によって強制退去させられた。

今回は同郷中村町の先輩横田金馬を頼った。横田金馬は慶応三年（一八六七）の生まれで伝次郎より四つ年上だった。横田家は町役人の中でも最も格式の高い目代《もくだい》の家であった。目代とは聞きなれないことばだが、江戸時代には一般に代官を指した。この横田家の下で、町老役などを務めたのが幸徳家であった。金馬は、木戸明の修明舎では伝次郎の先輩でもあった。金馬は保守的な中村の雰囲気に反発、郷里を出て自由民権運動に飛びこんでいた。この時点の大阪は保安条例で退去させられた政客、論客、壮士が蝟集していた。金馬もそういう理由で大阪にいたのである。

伝次郎がどういう経路で大阪に着いたか分からないが、船に乗ったのであろう。そして金馬を訪ね、金馬の紹介で西成区曽根崎梅田駅近くの兆民中江篤介《とくすけ》の家の玄関番として住み込むことになった。

三、兆民中江篤介

ここで、兆民中江篤介《とくすけ》について調べておこう。中江篤介は弘化四年（一八四七）高知市新町（秋水伝次郎の『兆民先生』による）に足軽の子として生まれた。隣の山田町生まれとの説もある。父元助、母柳、「下弐人扶持、お切米四石」だった。「下扶持」は一日玄米五合で二人なので、年三石六斗である。切米は扶持の外に与えられる給与で、幕府は春、夏、冬の三回支給したが、土佐藩もこれに準じていたのだろう。ただし、切米は籾で支給されたので、すりあげると二石程度だった。浅田次郎氏は日本では月給の外、ボーナスが支給されるが、ボーナスの起源はこのお切米だといっている。もちろん正社員の場合である。嘉永五年（一八五二）弟虎馬が生まれた。十四歳のとき父死亡、以後母柳によって育てられた。慶応元年（一八六五）十九歳で藩の留学生になり、長崎に行き平井義十郎にフランス語を学んだ。ただし、平井は英語教師で学頭、フランス語にも通じていたが、実際にフランス語を教えたのはベルールド・ベティエン、名村泰蔵などであったとの説もある。藩命は英学の習得であったが、何故フランス語を選んだのかは不明。オランダ学の衰退、英学の急上昇に対して、英学とは別な観点から西欧文化を学ぼうとしたのかもしれない。ここで坂本竜馬に会い、強烈な印象を受けた。偉い人は自ずと周りの人に崇拝の念を起こさせると篤介は後に語っているが、普断は、人の使い走りなどしない篤介であったが、「中江のにいさん煙草買うてきておーせ」と頼まれると、快く買いに走った。慶応三年には江戸に出て、村上英俊の仏学塾、達理堂に入ったが、放蕩が過ぎるとして破門された。村上英俊は下野栃木県出身のフランス学者で、最初のフランス語文法である『仏語明要』を著した。村上はオランダ語からの独学だったので、発音に難があったといわれている。長崎で生のフランス語に触れていた篤介は不満だったのかもしれない。この後、横浜に移り、横浜天主堂の僧について学び、慶応三年（一八六七）末には兵庫に赴き、フランス外交団の通訳をしていたのは確実という。ただし、諸文献に名前が現れないので、臨時雇いであったとされる。明治元年（一八六八）中江姓を名乗ることを許される。本来の姓は中江だが、それまでは正式には名乗れなかったのである。兵庫から東京に戻ると箕作麟祥《みつくりりんしょう》の塾に入った。箕作は蘭学者の家に生まれ幕臣として外国奉行翻訳係りとなり慶応三年にはパリ万国博派遣使節の一員としてフランスに赴いた。フランス語は会話はともかく、読解力は抜群だったという。年齢は篤介の一つ上であった。

篤介は、明治四年（一八七一）板垣退助、後藤象二郎、大久保利通らの推薦によって司法省出仕となり岩倉具視視察団に加わり、アメリカ、サンフランシスコから大陸横断鉄道で東海岸に出て、大西洋を渡り、フランスに留学した。

兆民没後に書かれた秋水幸徳伝次郎の『兆民先生』その他によると大久保利通に何回も面会を求めたがその都度門番に断られたため馬丁と親しくなり、馬丁に頼んで密かに馬車の後に乗せてもらった。屋敷の門内に入ったところで、いきなり大久保の面前に現れ、留学生に加えてくれと直談判をした。「留学生を官立学校の生徒に限るのはおかしい、自分は学術優秀で、もはや国内においてつくべき師もなく、本も読みつくした。是非、選抜を御願いしたい」といった。大久保が「君は土佐人だそうだが、政府には土佐の先輩が何人もいる、なぜその人たちに相談せぬか」というと、篤介は「同郷の情実を利用するのは私のいさぎよしとせざるところである。ゆえに閣下にお願いする」といった。大久保は「分かった、近日中に後藤、板垣と相談しよう」ということで、留学が決定したという。ときあたかもパリ・コンミューンの年であった、明治三年（一八七〇）九月、フランスは、プロシャとの戦争に敗れ、ナポレオン三世は退陣した。国内は混乱したが、明治四年（一八七一）三月には労働者による世界初の政府、パリ・コンミューンが出現した。しかし弾圧によって二カ月後に壊滅、第三共和国成立と続いた。

篤介がパリに着いたのは明治五年（一八七二）二月十九日であった。次いで六月、フランス第二の都市リヨンに移った。ここで篤介は小学校に入学したという。秋水伝次郎は『兆民先生』で「私は先生がまず小学校に入ったと聞いた。しかし、児童の騒音に耐えられず間もなく辞め、リヨンの某師について学んだと聞いた」と書いている。篤介は読解力は十分であったが、会話力の補充にと小学校に入ったのかもしれない。桑原武夫はこれを「よほどの徹底性」と書いている（『中江兆民の研究』、岩波書店）。松本清張は『火の虚舟』で、パリの小学校に入ったと書いているが、根拠はないようだ。ただ、二月にパリに着いてリヨンに移ったのは六月なので、その間にパリの小学校に入ったと推測するのは自然かもしれない。もっともリヨン説も根拠があるわけではない。『兆民先生』にも場所は書いてない。某師とは弁護士のパレーであったといわれているが、パレーはリヨンに住んでいたので、その前の小学校もリヨンだと推測したのかもしれない。本来学ぶべきなのは刑法だったが、パレーについて学んだのは一般教養、語学などの普通学であった。明治六年（一八七三）六月、文部省は留学生に突然帰国命令を出した。財政難と留学生精選のためだった。篤介はパリに戻り帰国命令に反対したが、篤介は残留組の一人となっていた。リヨン滞在は一年余りであった。篤介はその後、イギリスに渡り、明治三年に土佐藩からロンドンに留学していた馬場辰猪の下宿に泊まって、ロンドン見物をしている。篤介が公家の西園寺公望と親しくなったのはこの後パリに戻ってからではないだろうか。それもどの程度の親密さだったのか分からない。

西園寺はエミール・アコラスの私塾の塾生であった。エミール・アコラスは急進的政治思想家とでもいうべき人で、第一インターナショナルにも関係し、ガリバルジー、バクーニンなどとともに一八六七年ジュネーヴで「平和と自由の同盟」を創設、コンミューン政府から法科大学の学長に推されたが、スイスにいたのでこれを受けることが出来なかった。もっとも受けていたら殺された可能性もある。その後、パリに戻り、私塾を開いた。弟子にはジョルジュ・クレマンソーなどがいた。思想的にはモンテスキュー、ルソーの流れとされる。篤介がアコラスに師事したという記録はないが、直接会ったのかもしれないし、西園寺の話から影響を受けたのかもしれない。とにかくルソーへの傾倒はアコラスの影響と考えて間違いないだろう。そうした一連の中でルソーの「社会契約論」を読んで深い感銘を受けた。ただし、篤介は箕作麟祥の『万国新史』を読んで留学前にルソーの名前は知っていたとみられる。また篤介は司法省の留学生で、法律の勉強をすべきであったが、むしろ哲学、歴史、文学、文化の研究に没頭した。

余暇には光明寺三郎なども交え遊びまわったともいわれている。ただ、馬場辰猪の追悼文で「私は天性不作法である。フランス滞在中主に下等職人たちと交わり、酒を飲むとそうした性行は益々著しくなった」と述べているので西園寺たちとの遊びにはそれほど加わらなかったのかもしれない。西園寺のように資金は潤沢ではなかった。しかし、『一年有半』で堺の蛤はパリの料亭アングレーのスープよりうまいと書いているので、ときにはそうした高級店にも行ったのだろう。

もう一つはパリ・コンミューンについての評価である。『一年有半』で、日本人の演説はまだ習熟してないこともあって、至らないものだが、そればかりでなく、「その中心に燃えるような熱誠と至剛の気がないからである」とし、デイスレイリー、グラッドストーン、ガンベッタ、テイエールには遠く及ばない、と書いている。このうちテイエールはコンミューン政府を徹底的に弾圧し、壊滅させたことで知られるが、第三共和国の初代大統領になった。テイエールについての批判は生涯を通じてないようだ。

西園寺は篤介よりも二年早くパリに来ているので、コンミューン政府を見聞しているが、単なる暴徒としての評価しかしていない。現代に比較して圧倒的に情報量が少ない時代だったので、ある意味当然ともいえる。秋水伝次郎は『兆民先生』の中で、「先生はフランスにいるとき深く民主共和の主義を尊崇し、階級を忌むこと蛇蝎のごとく、貴族を憎むこと仇敵のごとくであった」と書いているが、おおくの研究者はこれはむしろ秋水の主観であり、このようであってほしいという願望であろう、としている。

明治七年（一八七四）四月、政府の財政緊縮策による全員帰国命令により、篤介は西園寺を残して五年前に開通したスエズ運河経由で帰国した。このとき、フランス語の教師から、もう少し勉強すればフランスで新聞記者として十分やっていける、学費は出してやるという話があった。しかし、兆民は年老いた母のことを思い帰国することにしたという。これからすると、語学力とフランス文化の理解は相当なレベルに達していたのであろう。篤介はこの帰路で見聞したことを後に、「論外交」で大要次のように書いている。

私はインド洋を航海して、ポートサイド、サイゴンなどに寄港したとき、上陸して街を散策したが、イギリス人やフランス人は傲慢、傍若無人にふるまっていた。トルコ人やインド人を扱うことまことに無礼で、犬豚以下であった。気に入らないことがあると杖で打ち、または足蹴にしていた。これを見ている人は恬としてあやしまなかった。トルコ人もインド人も同じ人間である。欧州人は自分たちを文明人と称しているが、このような行いがあることを何というべきか。

ポートサイドはスエズ運河北端にある都市、サイゴンは現在のホーチミン市。

篤介が兆民の号を使ったのは明治二十年（一八八七）の著『平民のめざまし』からだが、ここからは兆民でいくことにする。兆民は一旦高知に帰ったが、八月頃、東京に出たらしい。八月に「家塾開業願」を東京府知事に出した。

この年の十月麹町の自宅で、フランス語塾を始めた。塾の名前は「仏蘭西学舎」、後「仏学塾」と改称した。教授内容は文法書、会話書の外、ギリシャローマ史、小太古史、小フランス史、フランス近世史、法律、政治、歴史、哲学等の講義も始めた。初期の塾生の一人は後に代議士になった長野県小諸出身の小山久之助だった。塾は評判を呼び、何度も転居した後、弟子の有力者が出資して校舎を新築した。『兆民先生』によれば最盛期門生は二千余人に達したというが、これは誇張で、事実は五百名ぐらいだったという。しかし、私塾としては驚くべき数であった。塾ではフランス語、フランス文化だけではなく、漢学も重視した。兆民の外、フランス語を教えたのは野村泰亮《やすゆき》などで、経営面で支えたのは田中浩造であった。だが「仏学塾」は明治十年代後半から次第に衰退したとされる。何よりも兆民が自由民権運動に入り、塾に手が回らなくなったこと、明治十八年（一八八五）それまでの正院、左院、右院の太政官制を廃止して内閣制度になったが、その際、モデルにされたのはプロシャの制度で、フランス学は野党的立場になったこと、徴兵制度が改定され、私塾の学生に徴兵猶予の特典があたえられなくなったことなどが原因とされる。田中浩造が明治十六年に急死したことも打撃だった。なお明治二十二年（一八八九）に明治憲法が発布され国会も開設されたが、内閣については何も記載がなく、内閣は国会とは無関係であった。これを超然内閣ともいった。初代総理大臣は伊藤博文。ただし、右院は明治八年（一八七五）一応司法権の独立を志向して大審院になっていた。参考までに記すと、太政官制の正院は最高機関で主に行政、左院は立法、右院は、行政事務の実務を担当し、正院に上申し、正院が決済した。左院、右院とも正院に従属していた。

私塾を開いた翌年、明治八年二月二十三日兆民は東京外国語学校校長に任命された。しかし、校長職は二カ月半しか続かなかった。カリキュラムに洋学だけでなく漢学を入れるように主張したが、政府、学校に容れられなかったといい、また、外国人教師の質が悪いのに抗議したからともいわれているが、二つとも確証はない。ただ、教授と称していた外国人の一部は織物商、水夫、工夫あがりなどで、質が悪かったのは事実らしい。次いで同年五月二十四日、元老院権少書記官に任命された。月給八十円、位は正七位だったという。もしかしたら、権少書記官の方が「仏学塾」経営には都合がいいと考えたのかもしれない。なお、元老院は同年四月設立された立法諮問機関で、先に述べた大審院とともに一応三権分立を志向したものであった。議長は左院議長の兼務とされたが、旧薩摩藩主左院議長左大臣嶋津久光が就任を断ったため当初は空席で、副議長の後藤象二郎が議長の職務を代行し、補佐として陸奥宗光と河野敏鎌が幹事になった。議官は官僚からの勅任（天皇の任命）であった。後、有栖川宮熾仁《たるひと》親王が初代議長に就任したが、元老院の権限は限られていた。明治二十三年（一八九〇）帝国議会開設とともに廃止された。兆民の元老院での仕事は、国憲案の調査、検討などであったと考えられている。国憲案とは明治憲法の素案作りと見ていいだろう。この前後から兆民は司法省の依頼で『フランス財産相続法』、『イギリス財産相続法』、『フランス訴訟法原論』などを翻訳している。兆民は明治十年（一八七七）一月元老院を退職した。辞めた理由について『兆民先生』は、元老院幹事故陸奥宗光君と意見が合わなかったため、と書いているが、詳しいことは分からない。兆民は煎り豆を袂に入れて食べながら仕事をしたというが、これは退職とは無関係で、当時こういった風景はよくみられたという。

『兆民先生』によると、兆民はフランスから帰って間もないころ、国のありかたを書いた『策論』を袖に入れて、勝海舟の仲介で嶋津久光公に面会しようとした。勝は海江田信義を介して、『策論』を公に献上した。数日後、公は兆民を召した。兆民は過日献上した拙著はお読みいただいたでしょうか、と申し上げた。公は一読した。そちの論は大変良いが、ただ実行するのは難しい、と答えた。兆民は進んで、西郷隆盛を上京させ近衛の軍を奪って太政官を囲ませれば、ことは一挙になりましょう。今や陸軍中不平の徒が多いので、西郷が来れば、響きに応ずるが如くになりましょう、と申し上げた。公は、自分が言っても西郷は応じないであろう、と答えた。兆民は、勝を西郷のもとに遣わしたら西郷は必ず応ずるにちがいありません、と言った。公はしばらくじっと考え、さらに熟慮の必要があると答え、兆民は嶋津邸を辞した。秋水伝次郎は、先生は過激な策を好み、後年皆先生を忌避するか、ただ奇矯の言をする人だとして排斥した、と書いている。この話は真偽が疑われていたが、戦後、新資料の発見によって事実と判明したという。これはクーデターで、この話からは、民主主義者、立憲主義者としての兆民像は浮かんでこない。フランスから帰ったばかりで、まだ後年の思想には到達していなかったのであろう。この明治七年（一八七四）頃、ルソーの『社会契約論』の和訳『民約論』を出したらしい。後の漢文訳とは別。

明治十年（一八七七）元老院を辞職してからは，翌十一年、高谷龍州の済美黌《せいびこう》、三島中州の二松学舎、岡松甕谷《おうこく》の紹成書院でそれぞれ漢学を学んだ。

明治十三年（一八八〇）十月二十一日、西園寺公望が帰国した。そして十二月二十五日松田正久の依頼によって『東洋自由新聞』の社長に就任することを承諾した。この新聞の発案者は松田正久、稲田政吉、光妙寺三郎、松沢求策、上条信次などであったが、最初の発案者は松沢と上条とされている。

松沢求策（安政二年、一八五五～明治二十年、一八八七）は長野県穂高等々力、現安曇野市の醤油醸造業の家に生まれた。貞亨一揆の中萱村の多田嘉助を描いた「民権の鑑加助の面影」が松本常盤座その他で上演され、松本新聞主筆を経て、『東洋自由新聞』の発刊に尽力、後県会議員にもなったが、弁護士試験漏えいに関与したとして逮捕、獄中で結核のため三十二歳で没した。

上条信次（弘化三年、一八四六～大正元年、一九一二）は長野県松本出身、東京曙新聞の記者だったが、社長の岡村武雄が政府に屈したのを憤慨して退社、書肆山城屋の分社の稲田政吉を説得して、同新聞社を設立した。そこで、『東洋自由新聞』は社主が稲田政吉、社長西園寺公望、主筆中江兆民となった。兆民は西園寺に誘われたものとみられる。

同新聞は明治十四年（一八八一）三月十八日に創刊された。部数は二千部、売れ残ったため、二号からは千六百部にしたが、半月後にはバックナンバーの注文が来て品切れになったという。内容は兆民が書いた社説の外、誰それが何等官になったというような「官令」が載っていたり、外電があったり、小説も載っていた。小説は「民権の鑑嘉助の面影」で第一回は「水野館の段」となっていた。松本藩で起こった農民一揆のときの藩主は水野家であった。作者は鶴洲野史で、実は松沢求策であった。

注目されたのは三月二十四日発行の第三号に掲載された兆民の社説「君民共治の説」であった。概略は以下のようである。

政治形態の名称には立憲、専制、立君、共和などがあるが、事実は立憲にして専制、共和にして立君、といった場合があるので名称にとらわれるべきではない。共和という名称にこだわるならば、かつてのヴェニスも共和国と称していた。しかし、人民が政治に参加することは許されなかった。試みに英国の政治を見ると、厳然たる立君政治である。しかし、その実を見ると少しも独裁、専制の跡はない。宰相は国王の指名するところだが、議会が要望する通りになっている。結局はアメリカ合衆国人民が大統領を選出するのと変わりはないのである。宰相を選ぶのも人民なら、法律を作るのも人民である。君主の役割は行政、立法の二権の間にいて両者の調停をすることである。

共和を慕う者は、君主と人民を区別すべきではないという。もしこれを実行すれば、君主は人民の中に埋没してしまう。これは禍のもとである。忌避する者の説を実行すれば、圧制、束縛の政治がますます跋扈するようになり、その害は測り知れない。君民共治ならば、君主はその役割も然るべき居場所もある。君民共治が行われているのは英国であり、英国を範とすべきではないか。

この「君民共治の説」は特に過激な説ではなかった。大久保利道は明治八年（一八七五）頃まではこの説を唱えていた。しかし、その後政府が大久保説を廃して専制的なプロシャ制を採用したしたので、兆民は政敵になったのであった。

とにかく『東洋自由新聞』は自由民権派の新聞であった。右大臣岩倉具視は西園寺の実兄宮内卿徳大寺実則《さねつね》を動かして明治天皇の内諭として、社長を辞任するように申し入れた。しかし、西園寺は私財を同新聞に投じようと考えていたぐらいなので、これを拒否した。そこで岩倉は内諭を内勅に変えた。内勅は天皇個人の意志が入っているとされる。公家の西園寺はこれに屈して、四月八日社長を辞任した。兆民は激怒したが、四月九日付けの社説「西園寺君公望東洋自由新聞社を去る」は極めて分かりにくい文になっている。明治天皇への遠慮があったのであろう。

松沢求策は内勅の事情を暴露した檄文を読者や各方面に配布して逮捕され、懲役七十日の刑を受けた。『東洋自由新聞』は四月三十日発行の三十四号で廃刊となった。

この明治十四年（一八八一）は「明治十四年の変」が起こった年でもあった。大久保利通亡き後、政府の中枢にいて政治を動かしていたのは伊藤博文、井上馨、大隈重信などであり、伊藤、井上などの長州閥の背後には保守派の右大臣岩倉具視がついており、また井上毅などの官僚群を従えていた。この長州閥と薩摩閥はプロシャ型の欽定憲法を作ることを目標にしていた。一方肥前出身の大隈重信は福沢諭吉の慶応義塾閥の支援を得て、イギリス型を志向していた。詳細は省くが、この結果大隈重信が政府から追い出されたのが「明治十四年の変」であった。同時に伊藤博文は国会は十年後に開き、欽定憲法を制定すると宣言した。

一方、板垣退助は征韓論に敗れて、故郷の土佐に帰り、国会開設運動などをしていたが、十月十八日、自由党が結成され、板垣が党首になった。同時に機関紙『自由新聞』が発刊されることになったが、資金が集まらず、第一号の発行は十五年の六月二十五日になった。社長には板垣退助、幹事に馬場辰猪《たつい》、末広重泰、田口卯吉、中江兆民らが選ばれた。兆民は社説係りであった。社説係りは外に板垣、馬場、田口、末広、田中耕造などであった。田中は仏学塾の初期の生徒で、同塾の経営に尽力していた。また、同年四月には大隈重信を中心に立憲改進党が結成された。

ところが、板垣退助はこの明治十五年の初夏からヨーロッパ視察旅行を計画していた。政府の要人がヨーロッパに行ったので、野党の自分たちも見ておきたいということであった。事実、伊藤博文は三月十四日憲法調査のためヨーロッパに出発していた。しかし、資金はなかったし、結党直後の党首が日本を留守にするべきではない、との反対意見が起こった。特に馬場辰猪は全面的に反対した。板垣は馬場を党から追放した。これで自由党は混乱した。改進党は自由党攻撃をし、両者、悪罵の投げ合いになり収集がつかなくなった。しかし、板垣退助と後藤象二郎は十一月十一日、渡欧した。資金は政府筋から出たといわれている。兆民は「自由新聞」をやめ、これらのごたごたには関与しなかったらしい。

この明治十五年（一八八二）の十一月には福島事件が起こった。県令（知事）三島通庸は会津若松から新潟、栃木、山形に通ずる三方道路を県議会の議決を無視して着工し、会津地方の十五歳から六十歳の男女の住民に月一回の夫役を強制し、これにつかない者からは代夫賃を徴収した。自由党員の河野広中が議長をつとめる福島県議会は県令提出の全議案を否決、農民も激怒し、自由党員の宇田成一らにひきいられて、八月には工事中止の訴訟を起こしたが、却下され、宇田らが逮捕された。十一月二十八日、農民数千人が釈放要求を行ったが、抜刀した警官隊に阻止された。翌二十九日から、自由党員や農民らが次々と逮捕され、逮捕者は二千人にもなった。河野広中など自由党幹部は軽禁固六年から七年の刑に付された。これによって会津自由党は壊滅したが、全国各地で、類似の事件が起こるようになった。

明治十六年（一八八三）には高田事件、十七年（一八八四）五月に群馬事件、九月には加波山事件、十月には秩父事件、十二月には飯田事件と名古屋事件が起こり、十八年（一八八五）十一月には大阪事件が起こった。こうした中、板垣退助らは十六年の六月帰国した。そして、さっさと自由党を解党してしまった。これらの事件の多くは中央組織がなくなって追い詰められた地方の自由党員が農民と結びついた結果起こったものであった。一例として秩父事件を見よう。

秩父地方では農家の副業として養蚕、製糸が発達していたが明治十四年（一八八一）以降、深刻な不況に陥った。折から起こった世界大不況による生糸暴落と、大蔵卿松方正義のデフレ政策によるものであった。秩父地方はフランスとの結びつきが強かったこともあり、フランスのリヨンで起こった生糸大暴落も影響したとみられる。小地主、小生産者は多くが没落し、高利貸の支配下に置かれた。明治十六年（一八八三）ころから秩父郡上吉田村の落合寅市、高岸善吉らが、負債農民を代表して、返済期限を延期するなどの措置をとるように郡役所に再三請願したが、ことごとく拒否された。明治十七年（一八八四）自由党の大井憲太郎が遊説に来たのを契機に秩父自由党が生まれ、落合、高岸の外、井上伝蔵、坂本宗作などが入党した。ここで、自由党組織と負債返済猶予運動が結合した。彼らは各地で会合を開き、困民党を結成した。同年八月秩父の大宮郷（現在の秩父鉄道秩父駅東側）で、代々名主をつとめていた家の田代栄助と盟約を結び、田代を首領にした。以後，高利貸に対しては、負債十年据え置き、四十年の年賦、学費節減のため小学校の三年休校、村費、雑収税の減免などを要求に掲げて、請願運動を展開したが成功しなかった。ここに至っては実力行使もやむなしと決し、上州、信州の自由党員とも連絡を取り、十一月一日、下吉田村の椋《むく》神社に集結し、田代を総理に、副総理加藤織平、参謀長は信濃南相木村の菊池寛平、会計長井上伝蔵などとし、五箇条の軍律を定め，甲、乙二隊の農民軍を編成した。軍律は厳しかった。一日の夜、小鹿野村に侵入し、高利貸宅を焼き打ちし、役場の奥印帳を焼却した。二日は約三千人が大宮郷に侵入し、郡役所を本陣として、高利貸宅を襲って、約三千円を強制的に借り入れた。四日、警察、軍隊と衝突して主力は敗退したが、菊池寛平の隊約百二十名は十石峠を越えて信濃に入り、九日未明、現小海町の東馬流で、警官隊と高崎鎮台兵に攻撃され、十三名の戦死者をだして壊滅した。

約一万四千人が処罰され、七名が死刑判決を受けた。田代、加藤、高岸、新井周三郎、坂本、井上、菊池であった。ただし、井上と菊池は欠席裁判で、井上は北海道に逃れ、そこで没し、菊池は甲府で逮捕され、無期懲役に減刑、明治三十五年（一九〇五）出獄、大正三年（一九一四）死去した。

　こうした中で兆民は何をしていたか。明治十五年（一八八二）二月、仏学塾出版局から「政理叢談」という雑誌を出した。月二回刊、大体四十二ページで、自由と平等を説くフランスの論文の翻訳を多く載せた。七号からは「欧米政理叢談」と改題した。また、二号からルソーの『社会契約論』を兆民が漢文訳した『民約訳解』が連載された。兆民の名を一気に高めたのはこの漢文訳であった。翻訳の厳密性と丁寧な注釈が評価されたのであった。

　明治十六、十七年にはウージェヌ・ヴェロンの『維《い》氏美学』の翻訳上下二巻を文部省から、十九年（一八八六）にはアルフレッド・フイエの『理学沿革史』上下二巻の翻訳を同じく文部省から出版した。さらに十九年には最初の著作『理学鉤玄』を集成社から、同年五月には『仏和辞林』を仏学塾から刊行している。「理学」は哲学の意味、「玄」は奥深い真理、「鉤」は鍵、従って『理学鉤玄』は、「哲学概論」というべきか。『理学沿革史』は「哲学史」だろう。十二月には『革命前フランス二世紀の事』をやはり集成社から出版した。

維氏美学　上冊　初版扉
明治16年11月　文部省編輯局

ところで、明治十八年（一八八五）兆民は長野県東筑摩郡洗馬村（現塩尻市）出身の松沢ちの、と結婚している。戸籍名は「ちの」だが、通常は「いよこ」（弥子）と呼ばれていたという。桑原武夫編『中江兆民の研究岩波書店』、によると安政三年八月十四日（戸籍では十日）の生まれで、大正三年四月十七日の死亡という。兆民は三十九歳、ちのは九歳違いなので三十歳だったのだろう。ちのは「平民、松沢吉宝の姪ワイの私生児となっている。松沢氏は神官であったらしく，弥子は三つくらいの時、江戸の御家人の家に養女にやられ、長じて越後の物持ちところへ嫁ぎ、間もなく離婚、その後兆民に嫁いだ、と千美さんは言っている」と同書にはある。千美は兆民、弥子の長女。弥子の中江家への入籍は明治二十二年（一八八九）の九月十三日、長男丑吉の誕生は同年八月十四日なので、「兆民は千美さんの出生後も内縁関係を続けており，長男が生まれたので、正式に入籍したと考えられる」と同書は記している。

さらに同書は「兆民の中年までの放蕩は否定できない。・・（中略）・・幸徳秋水の伝えるところ、ないし千美さんの語るところによると、晩年の兆民の家庭生活は日本家庭の模範とさえいえるであろう。実業の余暇には書巻に親しみ、子供たちと嬉戯すると同時に厳しいしつけを怠らず、池の鯉と戯れ、スモモの木に攀じ、その生活は貧困のうちに一点の乱れをも見せず悠々自適、哲人のおもかげすらあるのである。ガンに倒れ、余命一年半と宣告されてからの余裕ある仕事ぶりはまさに堂々というにふさわしいものであった」と書いている。ただ、桑原説では、ちの、は松沢吉宝の姪、わい、の私生児となっているが、松本清張は『火の虚舟』で姪ではなく、姉、わい、の私生児としている。

ただ、兆民は、明治十一年四月二十三日松田庄五郎の長女・鹿と結婚，翌十二年九月二十九日離婚となっている。この女性については分かっていないようだ。

ところで、松沢ちの（弥子）は、未解放部落出身ではないか、との噂が一部に伝わっていたという。兆民が明治二十三年（一八九二）の第一回総選挙で未解放部落の多い、西成区などの大阪四区から立候補当選したこと、大阪の「東雲《しののめ》新聞」に、部落問題についての世間の偏見を是正する論説を書いているが、そのなかで、「余は社会の最下層にいる種族にして」かつ「新平民にして、昔日公等が穢多と呼びならわした人物」なり、と書いてことが根拠だという。詳細は省くが、松本清張は同書で、これを全面的に否定している。なおこの論文は被差別部落について論じた最初とされている。後で再びとりあげることにする。

さて、明治二十年（一八八七）五月には、代表作の一つ『三酔人経綸問答』を集成社から刊行した。この書については多くの識者が、さまざまな角度から論じているので、筆者などがとやかくいうこともないのであるが、南海先生、洋学紳士、豪傑君の三人が酒をのみながら政治、社会、文化、思想，天下の趨勢、日本のおける民主主義の可能性などを論ずる構成になっている。一般に南海先生の立場が兆民の立場と考えられている。例えば「回復の民権」

中江篤介著　三酔人経綸問答

と「恩賜の民権」は南海先生の発言になっている。「回復の民権」はイギリスやフランスの民権で、下からすすんで取ったものであるから、その分量の多少はこちらで決めることができる。「恩賜の民権」は、貰ったものなので、その分量の多少をこちらが勝手に決めることができない。「恩賜の民権」をすぐさま「回復の民権」に変えるのは論理の飛躍である。何事にも順序というものがあり、「専制」から「立憲制」になり、さらに「民主制」になるのが順序で、「専制」からいきなり「民主制」にするのは順序ではない。一般大衆を混乱させるだけだ。大衆の心には過去というものが強く刻印されているからだ。たとえ恩賜的民権の分量が少なくても。これを大切に育てれば、次第に大きくなって回復的民権と肩をならべるようになる、という。

これはいかにも穏健な意見だが、兆民のその後の言動はもっとはるかにラデイカルであった。幸徳秋水は『兆民先生』の中で、「先生は決して恩賜的民権をもって満足することはない。いわんや、その分量の僅かなるものを、である」。先生は、「我が党は恩賜的民権を変じて、進取的民権とすべきである」と述べたと書いている。また、たとえば「東雲新聞」明治二十一年（一八八八）一月二十二日から二月二十四日の三号から三十号に連載された「国会論」では、次のように書いている。「甲なる人、乙なる人は財産家なので自由権を与えるにふさわしいが、丙なる人、丁なる人は懐中無一物なので、自由権を与えるにふさわしくない。これは誰が何の権利があって定めたのか。自由権は人間本来の所有物であり、他人から貰い受ける品物ではない。・・・（中略）・・・すでに立憲制度を採用することを口にしながらなお旧来の専制権に恋々として、同一国民を妄りに選り好みして、ある種族にだけ参政権を与え、その他の種族を排斥するのは、孔子の『義を見てせざるは勇なきなり』にあたるのではないか」これは、南海先生の意見ではなく洋学紳士の意見ではないだろうか。

兆民は先に述べたように明治二十三年（一八八九〇）の衆議院選挙で当選した。明治二十三年十一月二十五日に召集された第一議会で、山縣有朋内閣は八千三百三十二万四千円の予算を提出した。その主要部分は軍事費であった。しかし、予算委員会は歳費節約のためという理由で、約一割の八百三十余万円を減額してしまった。政府はこれでは政策が実行できないと承諾しなかった。明治憲法には総理大臣は国会議員の中から選ぶという条文がない。その上、第六十七条には、歳出に関する衆議院の議決は政府の同意をうる、という一文があった。こんなわけで議会は混乱した。しかし、衆議院本会議は一割削減案を議決した。兆民はこれは薩長の藩閥政府を倒す絶好の機会と考え、連日野党各派を回り、結束を説いてまわっていた。秋水の『兆民先生』には毎日握り飯を竹の子の皮に包んで議会に出ていたとある。しかし、この時、裏では妥協工作が始まっていた。これは土佐派の裏切りによるとされているが、八百三十余万円の減額を六百五十一万余円に抑えることで妥協が成立した。このときの最大野党は自由党で、林有造、竹内綱、植木枝盛なども妥協工作に従ったとされ、自由党は混乱、林など二十九人が離党した。もちろん薩長藩閥政府打倒どころではなくなった。兆民は激怒し、衆議院議長に辞表を提出した。「小生こと近日アルコール中毒病発し歩行困難、何分採決の数に列しがたく、よって辞職仕り候．この段お届け候也」という辞表だった。結果は九十四票対九十三票で辞職は承認された。このとき書いた文が「無血虫の陳列所」であった。

時間を前に戻そう。明治二十年（一八八七）十二月二十六日、伊藤博文内閣によって突如出された保安条例によって、兆民は東京を去ることを余儀なくされた。兆民は妻ちのと生まれたばかりの長女千美をつれて大阪府の曽根崎に移った。大阪には東京からの退去者百四十余名が集まったという。尾崎行雄は自由党員ではなく改進党員だったが、退去命令を受け、愕然とした。そこで以後愕堂という雅号を用いた。

翌明治二十一年一月にははやくも日刊の「東雲新聞」が発行された。論説係りとして中江兆民、栗原亮一、植木枝盛、江口三省、宮崎夢柳などが参加した。兆民は主筆になった。大阪の中級商人の団体、大阪倶楽部が援助したといわれている。大阪はもともと土佐との関係が、深かった。

注目していいのは、与論の力を重視していることである。「東雲新聞」九十七号（明治二十一年五月十五日）に「世の中には兵力を後盾にした政府ほど厄介なものはない。ことにこの兵力を後盾にした人たちが意見を異にした政府ほど厄介なものはない。荒ら掘りの鉱石のように諸種の物質が凝固して一塊になり、打っても響かず，衝けども通らない」この鉱物政府を「溶かしてそれぞれの分子に分けるには与論という猛火を煽り立てる外には名案はない」この鉱物政府を組み立てている各物質は仲間のうちでは争うが「与論の火力に敵するためには一所懸命お互いにかじりついて離れない。いよいよ困れば、与論の火に薪を運ぶ人足を捕えたり、追い払ったりする」と書いている。この時代、秩父事件で見られたように治安維持に軍隊が出動している。

大阪には他に末広鉄腸の「関西日報」、横田純一郎の「大阪公論」、柴東海散史の「大阪毎日」、池辺三山の「経世評論」などがあり、皆、薩長藩閥、官僚の専制政治を攻撃していた。伝次郎が兆民玄関脇の部屋に住むことになったのはこの年の十一月であった。その家は四室しかなく、兆民夫妻、母、生まれたばかりの長女、女中、に伝次郎のような書生が二、三人、玄関脇の部屋に寝起きしており、さらに訪問客が絶えずあった。収入は「東雲新聞」の給料は五十円程度なのに、政客、商人、壮士、書生とやってきて、酒を飲み、議論をし、何か書いてくれといい、金を貸してくれという者もいて、実に活気があったが、騒々しくもあった。

兆民は赤いトルコ帽をかぶり、「東雲新聞」と染めた印半纏，紺の腹掛けに股引を穿き、腰に「火の用心」と書いたタバコ入れをぶらさげて、演壇上から自由民権を説き、最後に「日本国民、火の用心」と叫んで人気者になっていた。トルコ帽は円筒状でてっぺんが平たい帽子である。

明治二十一年の四月、中村雁二郎が、大阪の角座で、末広鉄腸の「雪中梅」を脚色して、上演、自ら主役を演じた。これを見た兆民はひどく感心して、なまじいの政談演説よりもはるかに効果があると感じた。角藤定憲という岡山県出身で、京都で巡査をしていたが、上司と合わず辞職、「東雲新聞」の記者になった男がいた。兆民はこの角藤を説得して「大日本壮士改良演劇会」をつくらせた。角藤は自分の書いた小説「豪胆之書生」と柴四郎の「佳人之奇遇」を合わせた「耐忍之書生貞操佳人」という戯曲を書き、これを前狂言とし、二番目の切狂言として「勤王美談上野曙」を用意した。後者は、明治十八年（一八八五）に起こった大井憲太郎の「朝鮮事件」の公判廷を題材にしていた。大井は、朝鮮の清国からの独立と民主化の運動を支援し、清国と日本との緊張状態を作り出し、そうした状況下で民権運動家を決起させ、藩閥政府を打倒しようと計画した。しかし、途中から脱落者が出るなどして失敗、大井憲太郎は逮捕された。この脚本を「東雲新聞」にいた評論家の栗原亮一が書いた。ところが、直前になって警察から上演禁止の通告がきた。そこで、時代を江戸時代にし、横田金馬演ずる勤王の志士国野民平と、角藤定憲の演ずる幕吏との白洲での対決とした。国野民平は幕府つまり伊藤博文内閣を痛烈に批判する。ところが栗原の台詞が新聞論説のように余りにも固いので、この場面を直し、さらに「獄舎の場」を執筆してくれと幸徳伝次郎に依頼がきた。伝次郎は数日で書き上げた。

明治二十一年十二月三日、西区新町の新町座で旗揚げ公演を行った。主催「東雲新聞社」後援「大阪朝日新聞社」で、大宣伝の効果もあり、大入り満員、以後連日満員の盛況だった。

一座はさらに京都に巡業、ここでも大入りだった。次いで大津に移ったが、間もなく、横田が性病にかかり休演を余儀なくされた。この演劇がオッペケペ節の川上音二郎を経て、新派劇になったといわれる。

京都で療養中の横田金馬は新しい芝居を考えた。明治二十二年二月十一日憲法発布の日、突発的に文部大臣森有礼は、山口県出身の西野文太郎という男に暗殺されたが、この事件を題材に脚本を書いて欲しいと伝次郎に依頼してきた。横田が西野役を演じるが、暗殺事件だけだと筋が単純すぎるから、探偵と芸妓という脇役を配し、探偵は西野に暗殺を教唆したりする、など、細かい指示を与えた。

西野は神官の出の勤王家で、森文相が伊勢神宮内宮に参拝した際、竹御簾をステッキで開け、聖域を靴のまま歩いたという風説を聞いて激昂し、文相官邸に赴き森を出刃包丁で刺し、自分も護衛によって斬殺されたのであった。

しかし、伝次郎にとっては迷惑至極な話であった。前回はとにかく書いたが、伝次郎の文章は漢籍を中心に形成された論文型のもので、芝居の脚本書きは気の重い仕事であった。だが、ほかならぬ金馬の頼みなので無下に断ることは出来ない、一応承諾したが、忙しさに先延ばしにしているうちに、金馬の計画も駄目になってしまった。

四、明治憲法発布

明治二十二年（一八八九）二月十一日、大日本帝国憲法が発布された。大阪の街は官民あげて万歳、万歳と大騒ぎしていた。兆民は中身も見ないで、騒ぐとは何事か、「わが国民の馬鹿さかげんにも恐れ入る」といっていたが、全文を通読した後はただ苦笑するだけであった。この憲法は、欽定憲法であるプロシャ憲法を模範としたもので、世界中で一番王権（天皇の権力）が強く、国民の権利が制限されていた。

兆民の考えは、繰り返すが、大略以下である。民権なるものには二種類がある。イギリスやフランスの民権は回復的民権といい、国民が下から進んでこれを取ったものである。世の中にはまた恩賜的民権というものがある。上から恵んで国民に与えたものである。回復的民権は下から進んで取ったものだから、その民権の多寡（量）は国民がこれを定めることが出来る。恩賜的民権は上から与えられるものだから，その多寡は国民がこれを定めることができない。大日本帝国憲法は恩賜的であり、与えられた民権の量は極めて少ない。恩賜的民権を変じて進取的（回復的）民権にしなくてはならない。さらに内容を見ると、議会の権能が小さいので、内閣は議会に超然としていることが出来る。このような議会は結局政府の奴隷となり、内閣の爪牙《そうが》となり、必ず腐敗堕落することは目に見えている。われわれは何としてもこのような憲法の改正を考えなければならない。

先に述べたように、明治憲法には、日本国憲法六十七条の「内閣総理大臣は国会議員の中から国会の議決でこれを指名する」という議員内閣制の条文がない。総理大臣の選任には特に規定がなく、枢密院や、元老の推挙によって選ばれていたのである。明治四十一年（一九〇八）七月、西園寺公望内閣はその与党政友会が議会で大多数を占めていたにもかかわらず、元老山縣有朋の意向で総辞職し、桂太郎内閣になったのは有名である。

『三酔人経綸問答』は、先に述べたように豪放磊落な一種漫画的な対話だが、洋学紳士の発言は十分現代にも通用するのではないだろうか。発言の一部を現代風に直すと、「弱小の国が、強大な国と交わるとき、強大な国の万分の一にもならない腕力をふるおうとするのは、鶏卵をつぶて代わりにして、岩に投げつけるようなものです。強大な国はまた、その文明を自慢にしています。すなわち文明の本質である道義心がないはずはないのです。それなら小さな我が国は、彼らがあこがれながら実行できないでいる無形の道義というものをこちらの軍備とすればいいのです。自由をもって軍隊とし、艦隊とし、平等を持って要塞とし、友愛をもって銃砲とすれば、これこそ天下無敵ではないでしょうか」である。

明治二十二年（一八八九）七月七日、同郷の大先輩自由民権運動の泰斗林有造が大阪にやって来た。伝次郎は滞在先の大阪府議会議長大三輪長兵衛の家を訪ねた。三回目の対面であった。一回目は郷里中村で、二回目は東京だった（注二）。折よく他に来客もなかった。型どおりの挨拶の後、林が尋ねた。

「君は中江宅で何をしているのかね」

「朝は掃除と洗濯をし、その後は、日常の走り使い、来客の取次をし、その間に漢籍を調べ、新聞雑誌を読み、夜は外国語を学んでおります」

「今も漢籍と外国語だけかね」

「はい、さようです」

「君は、家の中の雑用をしているだけで、新聞の事務を手伝うとか外部に出ることはないのかね」

「はい、まず勉強です」

「しかし、どんなに巧妙に学理を論じても、どんなに筆鋒は鋭くても、世事にうとくては何にもならないのではないかね」

伝次郎が答えようとしたとき洋服を着た大男が入ってきた。この家の主人、大三輪長兵衛であった。林が、伝次郎を
「こちらはわしの同郷の書生で、今は中江宅に居ります」と紹介した。

「なに、篤介宅にいると、すると彼ら大阪浪人の仲間か、そうでないとしても六十人の壮士が必要なときは直ちに駆け付ける連中の一人か」と憎々しげにいって、へへへと妙な作り笑いをした。伝次郎はむっとしたが、林が間を取った。

「いや、この書生は中江宅で家の用事の他は勉強一筋です、共に上京しておりましたが、保安条令によって退去させられたので、浪人の仲間ではありません」

「そうか、分かった、では商人になったらどうか、この年から従事したら、天晴な商人にな

るであろう、いまだ封建の習慣が残っていて商人を卑しむ者もいるが、そうではない、明治の世は金の世だ。本をどんなに読んでも、当世では仕方がない」

伝次郎は、大阪府議会議長といってもこの程度の教養なのか、と思ったが黙っていた。次に、林がいった。

「わしも同じ考えだ、特に政治家などには、学問は必要ないのだ。して、土佐人にして、算盤が得意という者にお目にかかったことはないが、石川県人で算盤が出来ぬ者はないという、出身地によりこれほど違うとは実に奇妙だ」。これに対して、伝次郎は、

「私は少しも奇妙には思いません、維新以来、土佐人が政治社界を動かしたため、自然に豪傑気取りの気風が育ち、面倒なことを好まないようになったのだと思います」と答えた。

この後、アメリカ大統領は小学校を出ただけで、銀行の丁稚となり、遂には大統領になった、商人になるには学問はいらないが、算盤は上手でなければならない、算盤は決して難しいものではない、と大三輪は自説を述べ、伝次郎に算盤はどうか、と訊いた。伝次郎は、一向に不調法です、と答えた。大三輪は、今羽振りをきかせているのは、算盤は得意だが、文盲の輩だ、といい、自分は学問はないが、算盤の力で今日あるを得た、このあたりの倉庫の持ち主は、文盲だが、皆算盤をよくしたがため、これだけの広大な資産を得たのだ、と話を続けた。伝次郎は一体こういう人物が府議会でどんな発言をしているのか不可解だし、節操も名誉も苦にせぬ人間なのかと思ったが、人は十人十色、撃剣家は竹刀一本にて治国平天下が出来るようなことをいうので、彼のいうことも一理はある、ただ極端に走るものがあれば、それを矯めて中庸と

するのが青年の任務なのかもしれない、などと考えたが、それは口にせず、大三輪邸を辞した。かつては仰ぎ見る存在の林有造だったが、一日の会見の後、偶像は崩れ去っていた。ここで筆者の感想を挟むと、今も、現象だけを見れば、政治には学問は必要ないように感じられるがいかがであろうか。

兆民邸での伝次郎の生活は林に答えた通りであった。掃除、洗濯、使い走り、来客の取次で、掃除といっても四部屋しかない家なので、いくらもかからないし、女中もいたのだから洗濯もどの範囲までしていたのか分からない。台所仕事をしたという記録はない。ただ押し売り、借金取り撃退にかけては誰も伝次郎に敵わなかった。要するに大した仕事はなく、一日の大部分を読書に使っていたのである。

この頃、伝次郎は、徳富蘇峰の「国民の友」に掲載された著名人の愛読書一覧にならって、自分の愛読書を記録している。『孟子』、『荀子』、『古文真宝』、『白詩選』、和訳で『三国志』、『金瓶梅』、『西遊記』、仏典は『法華経』、『日蓮大士真実伝』だが、これらは宇和島の法円寺で寺男をしていたときに拾い読みをしたのではなかろうか、「解せぬながら何故か机上に置きたくなれり」と注釈している。日本古典では『古今集』、『徒然草』、『太平記』、『平家物語』、『謡曲』、『源平盛衰記』、『八犬伝』、『弓張り月』、『近松著作全集』、『膝栗毛』、『浮世風呂』、など、現代文学では『佳人の奇遇』、『経国美談』、『当世書生気質』、『あいびき』、『浮雲』をあげている。感想として、自分は必要から読書するのではなく、慰みのために読書をしている。これではいけないと自分を戒めるが、慰みの方に傾くのは一種の病なのか致し方なし、とし、さらに一日六時間も新聞雑誌を読んでいると書いている。すなわち『大阪毎日新聞』、『東雲新聞』、『大阪公論』、『鶏鳴新報』、『京都日報』、『讃岐日報』、『国民の友』、『経世評論』などである。兆民宅に送られてくる新聞雑誌の全てに目を通していたのである。兆民の家は出費が多く、洋書の大部分は売り払ったが、なお漢籍や和書は数百巻を残していた。

兆民宅の食事は個人用のお膳は使わずに、一つの円卓を囲んで、家族も書生も女中も一緒に食べるのだった。これは当時としては極めて珍しかった。

しかし、伝次郎に家からの仕送りはなく、懐中いくらもないこと多く、めったに外出しなかった。次はこの頃作った漢詩である。原詩は省略。

都人百万豪栄を競う涼舫川に満つ笑語の声
措大《そだい》は知らず絲竹の事江風と名月我とともに清し

措大は書生、絲竹は遊興、大勢が豪勢な川涼みをして談笑しているが、書生の私はそういった楽しみには縁がない、しかし、川風と名月は読書をしている私とともに清い、の意味である。

明治二十二年（一八八九）十月五日、兆民一家は梅田駅から神戸まで汽車に乗り、神戸で汽船に乗り換え、翌日横浜港に着いた。一行は兆民、ちの夫人、長女千美、長男丑吉、女中、と書生の伝次郎だった。憲法が発布の恩赦で、兆民の退去命令が解かれたのであった。横浜からは汽車で新橋駅に着き、ひとまず麹町隼町の家に落ち着き、次いで、表神保町の家に移った。

伝次郎は「私が帝都東京を追われたのは二十年の十二月であった。失望、遺憾、憤懣、悲哀の感情の上に飢えと寒さに苦しめられたそのときを思い出すと、脊髄がきりきりと痛み粟立つようである。今ふたたび帝都に入る。山の光、水の色は少しも変わっていないが、旧態依然とした私の目を驚かせたのは、着飾った卒塔婆小町の多いことであった。」と感想を記した。「卒塔婆小町」とは、美女もやがては死んで白骨となるの意。美女とは縁がないと思っている伝次郎の屈折した心理の表現であろう。十一月二十四日、一家は小石川柳町のかなり広い家に越した。

明治二十三年（一八九〇）正月を伝次郎は東京で迎えた。「去年の正月は大阪でとそ酒をくんだが、はや一年が経ってしまった。自分はこの一年、何か学んだことがあったか、得るところがあったか、空しく過ごすこと、まさに歳月人を待たず、だ。大阪、東京と土地はかわっても世間の笑い声が喧しく、私の身辺が寂しいのはいつもの通りだ」と書いた。

兆民は関西に遊説に出かけていて留守、したがって訪問客もほとんどなかった。伝次郎は元日、芝高輪に住む、幼馴染の安岡秀夫を訪ねた。秀夫の父、安岡良亮は維新に功があり、熊本県令（知事）になったが、神風連の乱によって暗殺され、それに伴って一家は東京から郷里の中村に引き上げてきた。そして、秀夫は小学校で伝次郎の一つ下になったのである。木戸明の遊焉義塾で机を並べ、中学でも共に学んだのであった。「元旦、高輪の安岡秀夫及び二、三の家を訪れ、年賀とする。これも旧来の儀式なので、頑固とばかりけなしてはならない」とだけ書いている。秀夫宅には同年の三月の第二日曜にも訪れている。このときは一緒に泉岳寺に参拝した。墓所の入り口で、素性の知れない老翁によって回向料として五厘を徴収された。「名高い四十七の義士の墓標は浅野内匠頭の墓の側に順序よく並んでいた。木造安置の場所にはかたじけなくも今上陛下の直筆を染めた扁額がかかげられていた。彫刻は巧妙というわけではないが、大石良雄が床几にかけて采配を把り、長男の主税良金が雪の中に跪くところ、槍を使う人，剣を振う人，紅顔の少年、白髪の老翁、みな当時を追想させて、人形とはいえ生気凛々としていた」と書いている。

この文の「かたじけなくも・・・」以下に注意していただきたい。原文は「辱くも今上の宸筆を染させられたる扁額を掲げたり」である。当たり前かもしれないが、天皇にたいする最大限の尊崇を表した文である。秋水幸徳伝次郎は、兆民のルソー主義を社会主義、にまで高めたとされるが、根底的な天皇制批判はしていなかったのではないだろうか。中江兆民は明治二十年八月に出た「平民のめざまし」という文の中で、「天子さまの尊いことはこの上もないことで、国会や、我々人民や、政府はみな、いずれが尊く、いずれが卑しいということは出来るが、天子さまは尊いが上に尊く、他に比べる物がないのである」と書いている。兆民はフランスやアメリカのような共和制ではなく、イギリス式の立憲君主制を念頭に置いていたと考えられる。

また、この頃伝次郎は「新夫婦」という小説を書き、大阪の友人藤崎和二郎の雑誌に載せるべく送ったが、印刷が済んだところで、発売、頒布が禁止された。藤崎の手紙に「兄の艶筆となりし『新夫婦』」とあるし、発禁の理由を考えると、所謂濡れ場のある小説と推定されるが、伝わっていない。

明治二十三年二月十一日は憲法発布一周年であった。この夜、兆民は般若湯（酒）を飲み、子供たちを相手に話し、笑い、酔いが廻ってくると謡曲の「鉢の木」や「船弁慶」を吟じ、わしも祝っておる、かのくだらない憲法をば、などといって笑った。憲法発布のときはただ苦笑するだけだった兆民先生も俗っぽくなったのかな、と伝次郎は感じた。

しかし、兆民は再興自由党の結成に加わり、綱領、党議の起草委員の一人に選ばれた。彼が提案した「国会において上請して憲法を点閲する、議会に弾劾権を与えよ」という党議を警察庁が禁止した。憲法を総点検し、裁判官を裁判する権限を議会に与えよ、という党議である。

同年六月に行われた第一回衆議院議員選挙で、兆民は定数二名の大阪四区（西成、東成、住吉）から立候補して、一銭も使わずに当選した。当選には旧渡辺村（現浪速区で、旧西成の一部を含む）の未解放部落の人々の運動が大きかったといわれる。

一方、伝次郎は六月、体調をくずして療養のため千葉県に転地したが、思わしくなく、九月に郷里中村に帰った。耳の病気ともいわれるが、詳しいことは分からないが肋膜炎の再発だったのかもしれない。

翌明治二十四年（一八八一）三月、伝次郎は不破八幡宮に小さな絵馬を奉納した。不破八幡宮はこの地を開いた一条氏が、京都の石清水八幡宮を勧請（分社して移す）し一条家の守護神としたもので、中村駅からほぼ西へ徒歩十五分くらいの小高い丘の上にあり、後ろには四万十川が流れている。本殿と拝殿は重要文化財に指定されている。絵馬は西行が源頼朝からもらった高価な銀製の猫の置物を欲しがる子供にくれてやったという逸話を絵にしたもので、銀猫を抱きしめて走り去る子供と、後をも振り向かず歩く旅姿の西行が描かれていた。誰かの絵を模写したものと考えられる。今は風化して、墨の跡だけがかろうじて残っている。中世の歌人西行は北村透谷や島崎藤村によって再評価され近代日本に蘇ったといわれ、伝次郎もそうした影響を受けたのかもしれない。

四月、伝次郎は郷里で徴兵検査を受けた。明治憲法二十条「日本臣民は法律の定めるところに従い兵役の義務を有する」の規定によるものであった。結果は虚弱体質のため不合格であった。兵役につく必要がなくなったので心が軽くなり、体調も回復したのか、四月下旬東京に戻った。

この間に兆民は小石川小日向武島町二十七番地のかなり広い家に越していた。大体現在の地下鉄丸の内線茗荷谷駅の西で、南の庭には築山と泉水が、奥庭には茶室があり、梅、桃、桜その他の木が植えられていた。しかし、昔の家で鴨居や戸袋などが半分腐っていた。また、玄関の三畳の他に書生部屋にあたるものがなく、伝次郎は不便を感じた。

六月、再び体調を崩した伝次郎は、近くの心光寺に移り静養した。肋膜炎菌が再度活動を始めたのかもしれなかった。以後、伝次郎は結核菌との縁が切れずに、明治四十一年（一九〇八）十一月十九日巣鴨の秋水宅を訪れた新宮の医師大石誠之助は秋水を腸間膜結核と診断している。

また、この頃、神田駿河台の英語学者磯部弥一郎が経営する国民英学会に入学した。国民英学会にはかの斉藤秀三郎も明治二十六年（一八九三）から講義していたが、磯部とそりが合わなくなり退任して神田錦町に正則英語学校を開いた。伝次郎は英学会を明治二十五年十二月に卒業しているので、斉藤の授業は受けなかったと考えられる。

英語を習うように勧めたのは兆民であった。英語は世界中にもっとも普及している言語である、英語を習って国際人たれと、フランス語の大家兆民があえて英語の習得を勧めたのであった。七月には叔父の小野道一が牛込神楽坂に造った家に引っ越したが、中村の幸徳家の経済が幾分好転して、月七円の仕送りを受けるようになったため、小野家を出て本郷森川町の下宿に移った。

英学会から帰り、復習予習をすませると、貸本屋から借りてきた小説類を読んだ。また、この頃から、吉原にかよいはじめた。遊興費の出所は分からないが、経済的に余裕のある安岡秀夫を誘ったのは事実である。秀夫に出させたとは思いたくないが、真実は分からない。叔父の小野道一がこの噂を聞いて、「お前は極道じゃ」といった。伝次郎は「わたしは一日の大半を英語と小説にせよ読書にいそしんでいるのに本当に極道だろうか」と反論した。このことから、伝次郎は、吉原に通うことは費用のことを別にすれば、特別うしろめたいという感覚を持っていなかったことが分かる、一方叔父の道一は遊郭通いをするのは道楽者で、穀つぶしという通念に従っていたことになる。

さて、中江兆民である。衆議院議員になった兆民は毎日筍の皮に握り飯を包んで登院した。兆民の議会についての意見は、大要次のようなものであった。「一体、議会には何の権限があるのか、内閣は議会に対して何の責任もない、上院は下院と同じ権限を持っている。内閣は常に政党以外には超然としている。条約の締結は議会のあずかり知るところではない。宣戦も講和も国民の関与するところではない。予算審議の権限は上院にその半ばを奪われている。このような議会ではとうてい民権伸長は望めない、必ず政府の奴隷と化すだろう。内閣の爪牙《そうが》に、堕落，腐敗に終わってしまうだろう。自分はただちに憲法の改正を要求する。衆議院議員は開会劈頭、この議案を奏請（天皇にお願いする）しなければならない」

兆民は自由党、愛国公党、改進党、九州同志会などの代表者を集めて、藩閥官僚政府打倒をめざす共同戦線を結成しようとしたが議論が紛糾して失敗した。伝次郎はこれについて、「基礎が固まっていない今がチャンスである。今膝を屈すれば、ふたたび膝を伸ばすことはないであろう。しかし、誰一人、先生の言に耳を傾ける者はいなかった。皆はいった。兆民の激烈な考えは平俗な人々をただ驚かすだけだ。なかには先生を不忠の士、といって排斥する者もいた。先生は退いて慨嘆するだけであった」と書いている。

明治二十四年（一八九一）、先にも述べたように政府は軍備拡張予算として八千三百三十六万余円を提案した。これに対して、立憲自由党と改進党は、民力休養、歳費節減を主張、一割にあたる八百八十八万余円の予算削減の対案を出した。

「両党は旗鼓堂々として、東西両軍が関ヶ原で戦うようであった。そして立憲自由党と改進党が藩閥の堡塁（とりで）に迫ろうとするとき忽然として金吾秀秋が現れた」と伝次郎は『兆民先生』で書いている。自由党の土佐派議員、片岡健吉、林有造、大江卓、竹内綱、植木枝盛などが内閣の後藤象二郎、陸奥宗光に買収され、六百三十一万余円削減の妥協修正案を作成、提出、可決されたのであった。なお、金吾秀秋は豊臣秀吉の甥で、突如、西軍に襲いかかって、家康方の東軍に大勝利をもたらした。

兆民はこれを見て、激怒、『無血虫の陳列場』という文を書いて議員を辞職したことは既に書いた。

伝次郎はその後の兆民について大略次のように書いている。「先生は議員を辞めた後、新井章吾らと経綸雑誌を出し、次いで自由民権新聞を発行して、政府と与党を攻撃、一方、自由,改進両党の連合を主張し、藩閥政府壊滅をはかろうとした。先生は説いた、維新は薩長両藩の連合があってはじめて成功したのであり、今の自由,改進の両党はかつての薩長両藩のようなものである、真に第二維新を成しとげようとすれば両党の連合が必要である、と。自由、改進両党は、主義、政見はそう違いがないが、その歴史と感情が異なるため、犬猿の仲になっていた。しかし、第一議会で歩調を合わせた。先生は好機到来と見て百方手を尽くして改進党主大隈重信と立憲自由党総理板垣退助の会見を実現した。これによって民党（自由、改進）の意気大いに上がり、政府を震撼させた。ときに明治二十四年十一月第二議会前であった」

政府は、議会を解散してこれに対抗し、翌明治二十五年の総選挙となった。政府は、徹底的な選挙干渉を行ったのであった。結果、死者二十五名、重軽傷者四百余名を出した。

伝次郎は続けて「この連合が先生の政治運動における最初の成功であり、また最後の成功であった」と、書いている。

明治二十五年の総選挙は政府の猛烈な選挙干渉にもかかわらず、民党が過半数を占め勝利した。藩閥政府打倒の絶好の機会かと思われたが、買収工作に加え、軍備拡張のために宮廷費と官吏の給与を削減する明治天皇の詔勅が出されたため、民党は軍事費削減の主張が出来なくなり敗北した。

兆民はこの後、北海道小樽の「北門新報」の主筆に招かれて、東京を離れた。兆民の真の目的は経済的利益を生む事業を捜すことであった。伝次郎はこれについて次のように書いている。

「先生は近頃全く政界、文壇から引退してもっぱら心を利殖に傾けている。今の政界において、鉄面厚顔の藩閥政府といかに筆舌をつくして論議しても、その効果は遅々たるものである。一方、今の民党の議員は皆貧しく、加えて政治運動に多額の資金を使っている。その結末は、餓死か自殺か、さもなければ節をまげて買収され、権力者や富豪に顎で使われるかである。多くの人間は節義のために餓死するほど強くはない。彼らは節義とは何であるか知らない、その心はむしろ憐れむべきである。結局金なくしては何事も出来ないのだ」

兆民は札幌で紙問屋の看板を出し、北海道山林組を設立したがことごとく失敗した。

伝次郎はさらに書いている。「文学も同じだ。西洋の作家の読者数は巨大だ。一度、長編の傑作を出せばたちまち数万部が売れる。それゆえ生活費の心配をする必要はなく悠々と執筆できる。中国も同じだ。ゆえに後代に残る名文が出来るのだ。わが日本の読者数は限られている。新聞、雑誌に文を売ることによってその日暮らしをしているものに傑作を期待しても無理である。文學は贅沢品である。衣食足って後、談ずるものである」とあり、最後に「われは黄白をとらんと」結んでいる。「黄白」とは金銭の別名である。「われ」は兆民で、先ずはお金を稼ぐことだと兆民はいった、の意味である。

伝次郎は明治二十六年三月一日から、北海道から帰った兆民に呼びもどされて、再び中江家で暮らすようになった。兆民の家はまさに火の車だった。文筆活動をやめたので、原稿収入は皆無。家賃、米屋、魚屋、八百屋、酒屋と借金だけが増えた。衣類は質屋に入り、残っていた漢籍も売り払った。毎食のおかずはおからと野菜のおひたしだった。

あるとき兆民が呼ぶので、座敷に行くと首にかけていた金時計をさし出した。伝次郎はすぐに質屋に行ったが、二十円以上は駄目ということだった。報告を聞いた兆民は、「以前金の鎖は死刑になった。しかし時計だけは禁固ですんでいる」といった。死刑は質流れ、禁固は流さないで回収の意味である。

書生も女中も一つの食卓を囲んでの食事であるあることは前に書いた。兆民は興が乗ってくると、文章のことから、詩歌、音楽、美術、政治、経済、法律、フランス、英雄豪傑、宗教、恋愛と縦横無尽に論じた。当然、伝次郎は兆民から単なる知識ではなく、全人的な感化を受けた。

明治二十六年九月、幸徳伝次郎は、兆民の世話で、板垣退助主宰の立憲自由党の機関紙『自由新聞』に記者として採用された。兆民は新聞記者になった伝次郎の前途を祝うために「春靄《しゅんあい》」という号を与えたが、伝次郎がこれを嫌ったので、改めて「秋水」という自分の号の一つを譲った。

五、幸徳伝次郎幸徳秋水となる

幸徳伝次郎は、兆民から秋水という号を譲られたときのいきさつを次のように書いている。

先生は、自身処世が下手であり、その理由も分かっていた。酒を酌み交わしているとき、先生はいった。今朝やってきた高利貸を見るがいい。彼の話は曖昧模糊として一向に要領を得ない。聞いている方はいらいらするばかりだ。しかし彼の資産は相当なものだ。故に処世の秘訣は朦朧にある。おまえは義理明白に過ぎる。どうだ春靄《しゅんあい》の二字をもって号としたら。私が、朦朧は嫌いです、別な号を頂きたい、というと、先生はますます笑って、では秋水の二字を与えよう、これはまさに春靄の反対である。壮年時に私の雅号として使っていたものだ。私は喜んでこの号を頂いた。

以後、伝次郎はやめて秋水と書くことにする。秋水は明治二十六年（一八九三）、板垣退助主宰の「自由新聞」の記者として採用されが、最初に与えられた仕事はイギリスのロイター電報の翻訳だった。月給は六円だった。当時は直接外国電報をとっている新聞社や通信社はなく、横浜の通信社、「メール」や「ガゼット」からの転載だった。「ガゼット」は英語で新聞の意味で、外資系の通信社だったのだろう。国民英学会でデイケンズ、カーライル、マコーレーなどを読んだのと趣きが違うので、わずか三行か四行を訳すのに四苦八苦した。が、翌日他の新聞と比較すると誤訳だらけであった。秋水は「面目ないやら苦しいやらでほとんど泣き出したくなったことしばしばであった。しかし、社では誤訳を責めもしなければ、辞めろといいもしなかった。月給六円で一人前の翻訳家を雇えるはずはなかった」と書いている。

翌明治二十七年の夏、一つ若い静岡県伊豆下田出身の三申小泉策太郎が記者として入ってきた。小泉も秋水と同じように小柄であり、感情、話題に共通点が多く、たちまち意気投合し生涯の友になった。月給は七円、秋水も七円になっていた。七円は当時としても安月給で、下宿代六円を払うと一円しか残らなかったという。二人は話し合い、それぞれの下宿を引き払い、新聞社の一室に同居し、一人分十六銭の宿直を一手に引き受けた。牛鍋定食が十銭、天丼五銭、であり、近くにこわ飯一人前を一銭で売る店があったので、ときにはそれで空腹を満たすこともあった。もっとも、後に爆裂弾を作った職工宮下太吉が明治四十二年に長野県の明科に下宿したときの相場は三円とされている。時代も違うし一概にはいえないが、東京は地方の倍の下宿料ということになる。

秋水と小泉三申はその後、芝愛宕下の下宿に移った。新聞社の宿直室ではやはり窮屈だったのだろう。芝愛宕は現在の港区愛宕一丁目、二丁目あたりで、JR新橋駅の西、愛宕山や愛宕神社、NHKの放送博物館などがある。二人は当然酒を飲み、遊郭にも足を踏み入れた。生活費が足りなくなり、三申の発案で、アルバイトに新聞小説を書こうということになった。「自由新聞」の原稿料は一回分二十五銭程度であった。

「自由新聞」の明治二十七年（一八九四）十一月十八日号から、秋水が〝いろは庵〟のペンネームで書いた処女小説「おこそ頭巾」が十回にわたって連載された。（明治文献刊全集第一巻に収録）「年々歳々顔同じからねども、歳々年々欲相同じければにや」ではじまる雅俗折衷体の文であった。

―旧臼杵藩（現大分県臼杵市）の士族藤田荘左衛門が江戸で浪人中、被差別部落にかくまわれ、その部落の娘との間に生まれた長男芳三を娘の家に預けた。その後、荘左衛門は娘の身分を秘して結婚、二男荘吉が生まれた。荘吉は順調に育ち、私立の大学を卒業して、会社員となり、田辺咲子と縁談がまとまり、結婚式をあげる運びになった。一方、芳三はその後、松岡というやはり被差別部落の家の養子となり、師範学校を卒業して、教師となった。評判もよかったのだが、養父母が亡くなると放蕩がはじまり、病気の妻花子をおいて、行方をくらましてしまった。花子は原因不明で死亡、花子と芳三を争った蝶子がおこそ頭巾に顔を包み、復讐しようとする。蝶子は芳三が花子を毒殺したと信じている。ところが、兄弟は瓜二つで、あまりにも似ていたので、蝶子は間違えて、荘吉を付け狙う。このとき荘左衛門は荘吉に真実を語り、縁談を断るようにいう。荘吉は、「新平民、結構です。これからは新平民と名乗り、新平民として立派に生きていきます」という。咲子の母親はいったんは荘吉の身分にこだわったが、「今の世は系図詮索無用、かまうことなし」と決心する。結婚式の式場で、おこそ頭巾の蝶子は最後の妨害を試みたが、そのとき芳三が近くの宿屋に泊っていることが、分かり、荘左衛門、荘吉、蝶子がかけつける。しかし、芳三は服毒自殺を図っていた。芳三はおのれの罪を悔い息を引き取る。毒殺は事実であったことが暗示される。蝶子は翌日川に身を投げる。百日後、荘吉と咲子はめでたく三三九度の盃をかわす。—

作者が荘吉の側にだけ立ち、芳三や蝶子にやや冷淡なのが気になるが、被差別部落問題をとりあげた小説の嚆矢という。島崎藤村の「破戒」が出版されたのは十一年後の明治三十八年(一九〇五)であった。秋水が何故こういった小説を書いたかであるが、兆民の影響と考えていいだろう。先にも述べたように兆民は大阪の被差別部落渡辺村で暮らしたこともあり、第一回の衆議院選挙では渡辺村の住民が兆民を熱心に支援したことが知られている。また、被差別部落民と非人を区別していないのも気になるが、被差別部落民の生業は皮革業であり、非人は物乞いで、ときには門付け芸なども行ったが、一部は罪人の市中引き回しや、死人の片付けを行った。江戸時代後期は、ほとんどが貧農か都市貧民からの脱落者であったという。文化人類学は、何等かの理由で共同体を追われた人と定義するらしい。なお、「おこそ頭巾」は「お高祖頭巾」とも書き、目だけを出して他を包んだ頭巾である。

さて、明治二十七年の末、「自由新聞社」は経営難のため倒産し、小泉三申は、ただちに「めざまし新聞社」に転社した。秋水には自由党系の三月創刊予定の広島新聞社から口がかかり、どうすべきかを兆民に相談したが、賛成を得られなかった。しかし、熟慮の末、都落ちを決意、二十八年二月十六日広島に着いた。しかし、三月に新聞が創刊されてみると、センスが鈍く、テンポが遅かった。秋水はこういった不満を兆民に書き、東京に帰りたいと訴えた。秋水の手紙は残っていないが、兆民はこれに対して、「関西は緩慢の風があり、大阪でさえ気が長く、耐え難く感じられる。まして、広島はいっそうそれがはなはだしいだろう。しかし、せっかく広島に赴いたのだから、新紙のためにも、もうしばらく辛抱したらどうか」と返信した。秋水は「予の直ちに帰京せんとするや、先生またこの書を寄せて慰諭して止まらしむ、予また聴かず、留まる僅か二か月にして京に帰り、中央新聞に入れり」と書いている。秋水の文をすべて現代風になおしてしまうと、その漢文調の独特のリズムが伝わらないので、ときには原文をそのまま引用することにする。

五月、秋水は小泉三申の世話で、大岡育造が社長で松井柏軒が主筆の「中央新聞」の社員に採用された。なお、大岡は代言人（弁護士）出身で、政治家、衆議院議長などを務めた。松井は明治から昭和初期に活躍した新聞記者、主筆。

与えられた仕事は翻訳と雑報係りだった。雑報係りというのは、英米の新聞雑誌の記事の適訳であった。たくさんの新聞雑誌に目を通し、これはという記事をみつけたら綿密に読んで翻訳する。あるいは読了しなくても、要点をつかみ概略を日本語にする。わずか十行、二十行を書くために、三百行、五百行を読まなければならないし、逆に、三ページ、五ページと読んでも何にもならないときもあった。日清戦争は明治二十七年（一八九四）に日本の勝利に終わっていたが、翌二十八年、ロシア、ドイツ、フランスの三国は、日本が獲得した遼東半島の放棄を求め、日本はこの要求を受け入れた。国際的にも重要な事件が起こった年であった。秋水は「こんなことを一、二年やる間に、自分ながら新聞雑誌を読む力は少しく進歩したように感じた」と書いている。

雑報係りは現在の社会部記者でもあり、秋水はいろいろな記事を書いているが、注目されるのは明治二十九年十二月十九日付けの「織物工場を観る」という記事である。冒頭に渡良瀬川の右岸とあるので、桐生、足利の織物工場と推定されるが、係りに案内された秋水は、近世のメカニックの進歩に只々驚嘆するだけであった。機械の前に立つ少女は数十の糸を監視して、切れれば繋ぎ、切れれば繋ぎして、その手練に見とれるばかりであった。しかし、「機械の進歩と分業の発達は資本の跋扈とともに、多くの生きた人間をして、可憐な血肉ある器械となしている。主人と職工は昔は主従の関係だったが、今は雇い主と、雇われる者という関係に変わったということだ」と書き、さらに「織物会社の職工は男女合わせて六百人、うち四百人は女子で、その女子は十二、三歳から二十一、二歳のものが大部分である。彼女らは、越後、越中、能登など北陸地方から来ており、寄宿舎に入っている。「寄宿舎」なるものはこれら少女を平均三年、十円の年期で抱え、織物会社に通勤させている。日給は一人十銭から十五銭、会社はそれを本人には渡さずに、「寄宿舎」に払い、「寄宿舎」は食費その他にあて、残りを本人に渡すという。では食費はいくらかと問えば、あるいは九銭、と答え、十二、三銭と答えて曖昧である。要するに食費を引かれたあとはいくらも残らないのである。「寄宿舎」に入っている少女三百人は朝は六時から夕方の六時まで、三十分の昼休みだけで、十二時間、暗澹とした工場の土間で単調な機械に向かって黙って立って作業をするのみである。トイレに行くとき以外は太陽を拝むこともないから、皆一様に青白い顔をしている。工場の土間の湿気のためか、脚気等の病のためか、病室に横たわる者は平均十人。ただ食って働くだけの生活に絶望して、あるいは熟練工は高給の会社に転じようとして逃亡を企てる。その数は一向に減らない。記者は寄宿舎なるものを見たが、畳十枚に十一人、八枚に九人が寝起きし、案外不潔ではないと感じたが、戸障子を押すと臭気が紛々として漏れてきた」と書いている。

わずか一時間半の見学であった。案内係りは、自社の実態というか、裏面を見学者には見せたがらないのが普通であろう。ましてや新聞記者には警戒するだろう。それをこれだけの記事にしたのである。秋水はさすが、気になったのか、「このような事実を記して、いたずらに織物会社を攻撃するのではない。労働時間が長いことを除けば、幾多の製造所に比べて優れた点がいろいろある、と聞いたからである。ただ優れたものにしてこのようならば、製造業が盛んになるにしたがって労働者、すなわち生きる器械も増えるであろう。そうなると資本と労働の関係は不穏なものになるのではないか。記者はそれを恐れるのである。労働者保護法のようなものをすみやかにつくることを願う」と付け加えている。

次に注目されるのは明治三十年（一八九七）二月三日付けに掲載された「大森駅奉送記」である。明治天皇の義母である英照皇太后の梓の宮（棺）を載せた列車が大森駅に停車し、すぐに発車したのであったが、その送迎のありさまを報じた記事であった。普通は名文調のベテラン記者が起用されるのだが、「中央新聞」の記事は秋水が書いた。これは一部原文を引用するほかないであろう。「やがて午後二時四十五分と申すに殷殷《いんいん》たる遠雷につれて萬人の眼光斉しく転ずる其方より機関車前に喪章をつけたる国旗をはさみて馳せ来るこれぞこれ四千万赤子の号天哭地《ごうてんこくち》して恋望の涙乾き難き、英照皇太后陛下の帰らぬ旅にいで玉ふ梓の宮を載せ奉りし列車なりけり。停車場前に止まり給ひしと思ふ間もなくたちまち轔轔轆轆《りんりんろくろく》として敢え無くも西に向かわせ玉ふ眼をあげ足をあげても御跡したふべうもあらず無情の列車は万斛《ばんこく》の恨みを載せ去りて一道の黒煙のみぞ空しき御名残とはなりにける」。

なお、「梓の宮」は「梓宮」とも書き「しきゅう」と読む、天子など皇族の棺の意。この後の方で、秋水は、この群衆で思わぬ儲けをしたのは煙草屋と麦藁細工屋で、御仁恩の余沢である、と書いている。秋水はここでも皇室に対して最大限の尊崇の念を表していることに注意したい。この文を読んでひどく感心した社長の大岡育造は、秋水を社末の地位からいきなり論説記者に抜擢すると同時に異例の昇給を行った。

秋水は「中央新聞」入社時は、麻布市兵衛町の母多治子の実家である小野家の別宅に住んだ。麻布市兵衛町は大体現在の港区麻布六本木である。正午頃まで寝ていて、午後出勤、夜は松井柏軒や小泉三申と遊びまわり、帰ると、今度は読書と執筆に専念するという生活だった。明治二十九年東京の小野家が解散することになり、秋水は同じ町内の三部屋ばかりの小さな家を借り、母多治子を中村から呼んで、母と息子の世帯をもった。

六、兆民の政治思想

さて、先に、兆民は、フランスやアメリカのような共和制ではなく、イギリス型の立憲君主制を考えていたのではないか、と書いたが、ここで、もう少し詳しく兆民の政治思想を見ておこう。ジャン・ジャック・ルソーは「社会契約論」の第二編第六章で、「法によって治められる国家をその行政の形式がどんなものであろうとすべて共和国と呼ぶ。なぜなら，その場合においてのみ、公の利益が支配し、公のことがらが軽んぜられないからである。すべて合法的な政府は共和的である」（桑原武夫他訳『社会契約論』岩波文庫）と書いている。つまり、その外観が君主制であろうと共和制であろうと、法治国家であれば共和的である、というのである。これだけでは明治憲法下の日本もともかく法によって治められていたから共和的ということになる。ルソーはこの後、「共和的」の注釈をつけている。「わたしは（共和的とは）貴族政または民主政だけを意味しているのではない。一般に、一般意志―すなわち法によって導かれるすべての政府を意味している。合法的であるためには政府は主権者と混同されてはならず、政府は主権者のしもべでなければならない。この場合、君主制そのものさえ共和的になる」というのである。この場合、主権者とは誰かが問題になるが、兆民の訳した『民約訳解』には「その尊にいる者の帝と称し、王と称するは問うところに非ず。何となれば只それこのごとくしてしかる後、民たる者はみずから治めて人に治められざればなり」とある。この最後の、「民は自らが治め、他の人に治められるのではない」、のところが桑原他訳ではないが、何故か筆者には分からない。ともかくここが重要で、主権者は人民、または国民で、人民主権ということである。これは明らかに明治憲法下の日本ではなく、「帝と称し」云々は問題ではなく、主権者は国民だというのだから、象徴天皇制の現憲法下の日本である。ルソーは、人は生まれながらにして生存権その他さまざまな権利を持っているとした。自然権ないしは天賦人権説と呼ばれるものである。その一つ統治権は個人で持っていても仕方ないので政府に譲り渡す。政府は譲渡された権限の範囲内のことが出来るだけである。「政府は主権者のしもべでなければならない」。勝手なことは出来ないよという契約書が所謂憲法であるというのが、世界的な通説になっている。所謂《いわゆる》「社会契約説」であるが、ルソーのいうところはかなり難解である。「われわれの各々は、身体とすべての力を共同のものとして一般意志の最高の指導の下に置く。そしてわれわれは各構成員を全体の不可分の一部としてひとまとめとして受け取るのだ」（桑原他訳）（第一編、第六章）。われわれは自分の身体とその他すべての力を、大多数の人々が妥当なものとして受け入れている法の下にゆだねる。と同時にわれわれ一人一人が国家の構成員となる、というのだが、要するに自分の身体他一切を委ねる相手は、王や天皇や領主ではなく、共同体の一般意志である法であるという。と同時に構成員になるというのは、今でいえば選挙権と被選挙権その他の市民権を持つということではないだろうか。人民主権論である。ルソーは別なところで、政府とは何かを論じているが省略しよう。

兆民はルソーの影響を深く受けたとされるが、彼自身の天皇制についての言葉はないのだろうか。西園寺公望が社主だった明治十四年（一八八一）四月二十二日付けの「東洋自由新聞」二十七号に、兆民は、二千年に及ぶ朝廷の恩徳はきわめて重く大きい、それゆえ、われら人民はこの恩に報いるために朝廷の労を軽くしなければならない。それにはまず第一に国会をおこすことである。国会が出来たら憲法をつくることである。そして法律をつくり、教育を進めることであり、租税を定め、道路を修築して、宰相、総理大臣をおくことであり、官吏を任用し、司法官を任ずることである、と次々と書く。それとともに朝廷の役割はどんどん少なくなっていく。

先に引用した「天子様は尊きが上にも尊くしてほかに較べる物のあるわけのものではない」（平民のめざまし）は次に「天子様は政府方でもなく、国会やわれわれ人民方でもなく、一国民衆の頭上にましまして、別に恩位を占めさせたまふて神様も同様なり」と続く。この解釈だが、明治憲法下の日本は天皇が日清、日露、太平洋戦争と宣戦布告し、天皇の名で治安維持法をつくり、大逆罪も不敬罪も存在したのだから、天皇は政府方であったということになる。政府の一機関である。それゆえ、美濃部達吉博士の、天皇は大日本帝国という法人の一つの役割を担う一機関であるという「天皇機関説」が定説になるのは当然であった。「機関説」の場合、政府方とか、人民方という区別がないのに注意したい。支配するものと、されるもの、という視点はタブーになっていたからだろう。昭和天皇も神とされたが、神様が宣戦布告をしたり、敗戦の詔勅を出したりするのはおかしな話だが、神様は政府の一機関だったのである。兆民は天皇は政府方でもなく、人民方でもないとする。これは結局天皇は政治的な権限を一切持たないということである。イギリスはじめ幾つかの国は立憲君主制を採用しているが、イギリスは、象徴天皇制の日本国よりも王室の権限は広いという。従って、兆民はイギリス型の立憲君主制を日本のモデルとして考えていたとはいえないとの結論になる。ただし、これはあくまで、論理的帰結であって、たとえば、同年三月二十四日付けの「東洋自由新聞」第三号の社説に兆民は「君民共治之説」の題で、イギリスは立憲君主制をとっているが、その行政は議会の要請するところに従って行われている。議員は人民によって選ばれたのである。この点からするとイギリスの政治は共和制のアメリカ合衆国と何ら変わらない、と書いている。つまり日本はイギリス型の立憲君主制が適していると主張しているととれる。ただ、同紙の四月二十三日、二十四日付の二十八、二十九号の論説「英国保守党の首領薨ず」の中に、立憲政治でも、貴族跋扈《ばっこ》、財産不均衡、多数圧制、中央集権、弱国併呑などの弊害が現れるから、立憲制だけでは、不十分で、そこに民主制という平等思想が加わらなければならないとの主張がみられる。この論説は兆民の文と確定できないとのことで、「全集」の無署名論文の項には掲載されていない。

また、『一年有半』第二、の中に、「民権自由は欧米の占有にあらず」という文がある。「民権は至上の道理である。自由平等は最高の道義である。これらに反するものは遂には罰を受けることになる。百の帝国主義があっても、この理義を捨て去ることはできない。帝王は尊いとしてもこの理義を尊重してはじめてその尊さを保つことが出来る。この理は中国の孟子、柳宗元が看破したものであり、欧米の占有物ではない」、自由民権は普遍的道理であるというのである。この視点から欧米人に対しても手厳しい。イギリス人、フランス人がトルコ人やインド人を犬か豚を扱うがごとくであったのを評して、「そもそも欧州人は自分たちは文明人だといって、こうした行いがあるのを何といったらよいか。トルコ人もインド人もまた人間である」（自由新聞三十八、四十、四十二号「外交を論ず」）。福沢諭吉が「脱亜入欧」（アジアを脱し、欧米の仲間入りをする）を説いたのに対して、兆民は漢籍を中心にした東洋思想も重んじた。兆民が東京外国語学校長をわずか数か月でやめたのは、兆民が科目に漢学を加えるように主張したが、文部省がこれを拒否したからだといわれている。

福沢説を補うと、「脱亜入欧」については「わが国は隣国の開明を待って共にアジアを興すだけの猶予はない。むしろアジアから脱して西洋の文明国と進退を共にし、西洋人がアジア人に接するやりかたで、対処すべきある」（時事新報社説、明治十八年（一八八五）三月十六日）と書き、農民一揆については「およそ世の中に無知文盲の民ほど憐れむべく憎むべきものはない。智慧なきの極は恥を知らぬことである。自分が無知であるために貧窮し、餓えや寒さが迫るときは、その理由が自分自身にあるとは思わず、富める人を恨み、はなはだしいときは徒党を組み、強訴、一揆などの乱暴をはたらくことがある」（学問のすすめ初編）と書いている。なお、社説の題名は「脱亜論」だった。

さて、兆民はこの間どうしていただろうか。年譜によると、明治二十五年（一八九二）一月母、柳死亡、兆民の母孝行は有名であるが、省略する。二月、秋水と並ぶもう一人の愛弟子の小山久之介の選挙応援のため、長野県佐久地方を遊説。小山久之助は長野県小諸の出身で、兆民がフランスから帰って開いたフランス語塾の生徒であった。小山家は与良家と並ぶ旧家で、一族の小山太郎は島崎藤村も教えた小諸義塾の創設に尽力した。兆民はたびたび小諸で演説会を開いている。久之助は明治三十一年の第六回選挙で当選、衆議院議員になった。兆民は「一年有半」の中で、明治三十四年七月、故五代友篤君の遺児の某女が小山久之助君の手紙を持って大阪に来た。自分は声がほとんど出なかったが、強いて声を絞り、二、三語を交えた。小山もまた頸頭部にリンパ腫が出来たが、医師の治療によりやや楽になったと手紙にあった。今日の濁流にあって、この君のごときは純粋に愛すべきもの、願わくは自分の病のように不治の病にあらざることを、と書いている。同年九月十日、兆民は病をおして東京に帰ったが、それを聞いた久之助はほとんど歩くことも出来なかったにもかかわらず、一目会いたいの一心で、渋谷の病院から兆民の小石川の宅まで人力車を走らせた。兆民は同年の十二月に死去しているが、小山はその二カ月前の十月三日に他界した。四十三歳であった。長野市川中島の「ひとミュージアム上野誠版画記念館」主田嶋隆氏の母君は、久之助の縁続きで親交の厚かった小山悦之助の姪という。悦之助はまた朝鮮独立運動にも関係した。

兆民は、二十五年八月、小樽の「北門新報」退社、同月札幌で紙問屋を開いたが失敗。以後明治三十一年（一八九八）まで次々に事業を計画したが、ことごとく失敗した。関係したと伝えられる会社は、毛武鉄道、川越鉄道，常野鉄道、京都パノラマ、中央清潔会社等々であった。一方、明治二十七年には『道徳大原論』上下を文部省から出版している。

幸徳秋水は『兆民先生』になかで大略次のように書いている。

「先生はかつて群馬県に娼楼を設けようとしたことがあった。わたしは、先生の徳にマイナスのイメージがつきますといった。先生は現在の社会には公娼が必要だと、滔々と論じた。公娼は必要だから存在しているのだ。何の不都合もない、職業は一切平等であり、貴賤はない。先生はいった。予はすでに商人である。詐欺と盗賊を除けば、してはいけないことはない。ただ議員政治家は公務を行っているのであって、一個人の営利業ではない。それなのに彼らがその職を利用して金銭を摑むのは詐欺盗賊である。これは餓死しても行ってはならないことだ。予は今は議員政治家ではない、一個の商人である。商人の金儲けは予の主義理想に反しない。秋水よ安心せよ」、さらに続けて秋水は書く、「しかし、今の商人中、いくらかでも詐欺と盗賊まがいのことをしないものがあろうか、今の経済社会に立って詐欺、盗賊をしないで、よく成功する途があるだろうか。正義実直の商人が投機師の社会に入るのは、飼いならした羊を豹や狼の群れの中に放すようなものだ。先生が連戦連敗するも当然である」

明治五年（一八七二）太政官布告によって、公娼制は廃止された。同年ペルー船籍のマリア・ルーズ号が暴風雨を避けるため、横浜港に寄港した。立ち入り検査したところ船底に中国人の苦力（クーリー）二百三十人を乗せていたことが分かり、問題になった。クーリーは売買されるのだから奴隷である。奴隷というものが日本にはなかったこともあり、神奈川県権県令大江卓が人道問題だと裁判で争い、勝訴、国際裁判でも勝ったことがきっかけだったといわれている。芸娼妓も人身売買を含むから奴隷ではないかという世論が起こったのだった。

しかし、翌明治六年大阪府が「貸席営業」という名前で実質的に娼楼を復活させ、これが全国的に波及したため、太政官布告は有名無実となった。「貸席営業」に反対したのがキリスト教婦人矯風会などで、その運動の成果としてまず群馬県議会が公娼廃止令を可決、明治二十四年から実施した。ところが群馬県には歓楽地が多く、そこには必ずといっていいほど娼楼があった。業者は県会議長宛てに、公娼制度を復活してほしいという陳情をたびたび出した。県議会は存娼派と廃娼派が拮抗していて、決着がつかなかったが、明治三十年には廃娼派が多数を占め決着したかにみえた。

ところが、翌明治三十一年に草刈親明知事が赴任してくると情勢が変わった。草刈知事は元自由党員だったが、公娼設置の腹案をもってやってきたらしい。赴任早々、各方面に根回しをしてから、公娼を設置したいと発言したため、業者と存娼論者の活動がにわかに活発になった。しかし県庁の上層部には慎重論があってなかなか進まなかったが、同年の暮、知事は強引に、前橋、高崎、桐生、館林、沼田、富岡の六ヶ所に公娼の施設を置くとする県令を発布した。反対派は激昂、内務省へ陳情団を出したりしたが、当時の「毎日新聞」は、「群馬の魔風」と題する特集記事を十九回にわたって連載した。大要は以下の通り。

―草刈知事は業者から、公娼の設置を許可すれば相当のお礼をしたい、との申し出を受けた。金に困っていたときでもあり知事は大いに喜んだが、反対が激しいので、慎重の上にも慎重にということで、第一は内務省方面への工作、第二は県庁上層部の役人に対する説得、第三は遊郭設置地から運動費を徴収する、という三つの係りをつくった。中江兆民は内務大臣板垣退助の説得係りになった。加担したのは土地の代議士や弁護士、前橋市長、存娼派の県会議員、旧自由党員、旧自由党員で講釈師にして後に『明治裏面史』を書いた伊藤痴遊、旧自由党員兼俳優若宮万次郎などの外、長野県からは代議士で旧自由党幹部の石塚重平なども加わった。兆民など在京派はまず警保局長小倉久を味方に引き入れ、次に、内務次官と内務大臣秘書を料亭に誘って説得し、陣営が整ったところで、板垣内務大臣に面会した。板垣は廃娼が持論だったので、最初は許可しなかったが、衛生局長から梅毒の蔓延を防ぐためには公娼の必要があるという説を聞き､心が動いた。そこで､娼妓の性病検査を制度化すれば、あえて遊郭をつくる必要はないとの折衷案を出した。このとき兆民は身を乗り出していった。

「今回の問題は政治問題でも社会問題でもありません。単なる利益の問題です。われわれは多年国事に奔走してきた結果ふところがはなはだ窮しています。公娼を許可すれば業者は相当な礼をするということで、兆民も多少それにあつかるつもりです。もちろんあなたにも些少ながらさしあげるつもりです。長年自由党の手足となって働いた壮士たちにもその一端を分けたいというだけのことで、やかましい問題ではありません。お許しいただきたい」

板垣は結局、許可を与えた他の府県もあるのだから、群馬県だけ許さないわけにはいかないだろうという理屈で、兆民らの要請を受け入れた。兆民はたびたび群馬県を訪れたが、宿帳に「東京市牛込区五軒町十二番地、雑業中衛徳蔵」と記載している。兆民の住所は小石川区小日向竹嶋町で、牛込区五軒町はすぐ隣であり、中衛は中江のもじりであり、徳蔵も篤介のもじりである。警察がこの氏名詐称罪を見逃しているのも不可解である。―

以上が「毎日新聞」の記事の概要である。このときの社長は自由党とは犬猿の仲だった改進党の嶋田三郎で、多くの旧自由党員がからんだこの事件を徹底的に叩いたのであった。ただし、この新聞は、現在の「毎日新聞」とは無関係で、明治四年(一八七一)に創刊された「横浜毎日新聞」が前身で、その後、東京に本拠を移し、明治十九年(一八八六)に「毎日新聞」と改称した。明治四十二年(一九〇九)に経営が思わしくないため、報知新聞の傘下に入った。以後経営者は代ったが、大正期に労働者の権利擁護の特異な新聞として一時持ちなおした。しかし、関東大震災で打撃を受け、昭和十五年(一九四〇)に廃刊になった。明治期は日露戦争反対を唱え、渡良瀬川汚染問題では田中正造を支援し、廃娼運動を応援した。

事件の拡大を恐れた内務省は、同三十一年十二月草刈知事を罷免し、後任に古荘嘉門知事を任命し、公娼存続の県令を取り消させた。草刈知事の在任はわずか四か月であった。兆民の懐にはこうした中で、かなりの黒い金が入ったと考えられる。

十年後の明治四十二年(一九〇九)六月に和歌山県の新宮町で大石誠之助らが中心になって「町政問題陋類《ろうるい》退治」という題の演説会を開いている。三十九年の時点で公娼がいなかったのは群馬県と和歌山県だったが、同年、新宮警察署長が退職して、「栄楼」という貸座敷の主人となり、遊郭が誕生した。町は四十二年になっても賛否が交錯して揺れていたため、それの反対の演説会だった。ともかくこの時点で群馬県は全国で唯一、娼楼がない県になったのである。

群馬県は明治三十九年(一九〇五)に高崎市会が遊郭設置の決議をした。高崎には歩兵第十五連隊が置かれていたが、遊郭がないため性病が蔓延し、兵隊の中にも感染者が広がりゆゆしき事態になっているというのである。また前橋市では四十三年に一府十四県の共進会を開くことになった。前橋市議会はそれまでに公娼を設置するという案を上程、賛成多数で可決した。しかし、神山閏次《こうやまじゅんじ》知事が両者を受け入れなかったため実現しなかった。共進会とは博覧会のようなものだったらしい。

自由民権運動の中心になったのは自由党員だったが、藩閥政府が安定してくると彼らの出番はなく、生活も窮迫してきた。しかも、かつての自由党首の板垣退助は政府の要人としておさまってしまった。公娼設置運動の裏にはこういった事情もあったと思われる。

民主主義者であり、ルソー主義者である兆民の弱点は封建時代そのままの女性観であると指摘されることが多いが、事実、最晩年の『一年有半』には「娼家が設けられているのは社会に欠陥があり、人心に弱点があるからである。やめようとしても、なくなるものではない。ということは必要であるということである。偽君子がその非を唱え、政府が廃業の道を講じても、廃絶には至らない。ただ業者が欲のため、無残な手段で娼妓を苛めることは一掃しなければならない」とある。また、女性については「わが国の男子は若い女子と接すると、すぐに肉欲のことを想像する。それで話は、往々にして男女のことに及ぶ。良家の夫人に対してもほとんど芸妓と話しているのと変わりはない。誰もこれを怪しまないし、当の女性もこれに対して怒ることはない。これは風俗が日々崩壊して、令嬢、令夫人の交際が高尚にならない原因である。速やかに改めなければならない」と書いている。気が付くのは、兆民は女性の社会的地位とか人間としての権利についてはまったく言及していないことである。男性の立場から見た女性観に終始している。

桑原武夫は『人間兆民』(中江兆民の研究、岩波書店所収)の中で、「これを売春禁止が世界の世論となっている今日の状況から苛酷に批判してはなるまい。十八世紀フランスにおいて、ルソーが売春禁止を叫んだとき、これに同調したのは進歩的思想家のうちでドルバック一人で、ヴォルテール、デイドロらは兆民とまったく同じ論理によってルソーの考えを非現実的と攻撃したのであった。兆民は民権思想においてはルソーを信奉したが、パーソナリテイにおいてはむしろデイドロに近い点を示している。そして明治時代の男女観はなお徳川時代の延長といえる面を持っていた。維新の元勲たちの行状、『吉原おいらん』という表札をかかげた黒岩涙香、坪内逍遥の『当世書生気質』、そして満州に女郎屋を開こうと計画したらしい二葉亭四迷などを想起せねばなるまい」と書いている。

ここに明治の元勲たちの行状とあるが、例えば伊藤博文である。最初の妻は松下村塾関係で知り合ったおすみ、次は下関の芸者の小梅で、おすみを離縁して結婚した。以後新橋の芸者玉蝶、岩倉具視の娘で戸田氏共伯爵夫人の極子《きわこ》、林屋お鉄、小雄、亀田うた、お福、光菊、等延々と続く。遊郭ではもちろん自宅でも複数の女性と同衾したと伝えられる。小梅は泊まりに来た女たちにお土産を持たせて帰したという。妖婦といわれた下田歌子との艶聞も有名。明治天皇から「女遊びもほどほどに」と忠告されたという。井上馨もほぼ同じタイプ、松方正義は愛人二十五人に子供が二十三人いた。

土佐人で自由民権運動の泰斗、植木枝盛は行く先々で女性を買い、それを日記に詳しく書いた。日記に書いたということは買春が後ろめたいとか恥ずかしいといった感覚がなかったことを意味している。つまりこの時代では当たり前であったということである。植木は明治十九年の後半あたりから女性問題に熱心にとりくむようになった。男性は女性を軽んじ卑しむことをやめ、女性もまた教育と学問につとめ、みずから女権の拡張をはかり、進んで職業につくよう心がけ、社会の交際に乗り出すべきである、と新聞に書き、演説した。家永三郎は『革命運動の先駆者、植木枝盛の人と思想』(岩波新書)の中で「早くから花柳の巷に出入りして、連夜のごとく紅灯の影に娼女を抱いた枝盛に、はたして男女の道徳を口にし、廃娼を論ずる資格があるか、という疑問は誰にもすぐに浮かんでくるところであろう。しかし廃娼運動に奔走するようになってからの彼はその操行を改めていたらしい。・・・・下戸の禁酒論が迫力をもたないようなもので、かつての蕩児の口から出る廃娼論であればこそ、敵手を圧倒するすざましい熱気がはきだされたのではないであろうか。枝盛の放蕩と女性解放論とは一概に矛盾するものといえない。むしろ逆縁によって結ばれている、とみるのは、必ずしも詭弁ではないと信ずる」と書いている。枝盛は明治二十五年(一八九二)に腸カタルのため三十六歳で死亡した。女性解放論者の田岡嶺雲や木下尚江も遊蕩児であった。

では兆民の実生活はどうだったのだろうか。秋水は「先生は明治二十六年の夏にはもう禁酒していた。毎夜夕食の後、家人と縁側に座って、古今を論じ、風月を談じ、あるいは庭を散策して涼をとり、常に午後九時、十時に至るを常にした」と書いている。兆民は若いときには随分放蕩もしたが、妻弥子《いよこ》を得てからはぴたりと放蕩が止んだといわれている。なお、弥子は戸籍名は「ちの」、現在の長野県塩尻市洗馬の神官松沢吉宝の姪「わい」の私生児となっている。結婚の事情は不明だが、戸籍には明治二十二年九月十三日大阪府西成郡曽根崎村士族中江篤介妻に嫁す、となっている。

桑原武夫は続けて「西洋の進歩的自由思想はキリスト教、とくにプロテスタントのカルチュアを基礎に生まれたものである。・・・・そして兆民はもともとキリスト教を好まず『文明人たることを示さんとする』『ハイカラ連』に反発する旧意識をもっていた」と書いている。群馬県の廃娼運動で大きな役割を果たしたのは上毛青年会であった。この会の幹事は県下最初のキリスト教系女学校である共愛女学校の設立に尽力した人々であり、キリスト教の精神によって運動した。キリスト者であり同志社の設立者として著名な新島襄も群馬県安中藩士の子であるなど、群馬県はキリスト教の先進県であった。兆民は最晩年の著『続一年有半』にみられるように唯物論者を自認していたが、こうしたキリスト教に対する反発もあったのかもしれない。そういえば兆民が留学したフランスはキリスト教国ではあるが、カトリックの国である。

この問題は、最近の橋下徹日本維新の会代表の従軍慰安婦問題についての発言に見られるように、人権と道徳の観点だけでは、廃絶と人々の意識改革は難しい。ただ一つはっきりしているのは、差別と格差と貧困がその温床になっていることである。従軍慰安婦は中国大陸の日本軍の占領地域で，日本兵による強姦事件が多発したため、反日感情が高まるのを恐れた軍が創設したものという。日本国内では強姦事件が記録に残るほど頻発した例はない。朝鮮人と台湾人女性の強制連行も民族差別によるものである。日本国内の公娼も慰安婦として戦場に送り込まれたが、公娼の存在は格差と貧困による。維新の会が急速に支持を失ったのは、女性が選挙権を持っていたからであろう。すなわち差別の巨大な一つが取り除かれていたからである。

『当世書生気質』は明治前半期の書生たちの実態を描いたものであるが、彼らは学問に志しているが、当たり前のように吉原など紅灯の巷にも出入りしている。有名な娼楼「角海老」も何回か登場する。「書生」は『岩波国語辞典』には「他人の家に世話になって家事を手伝いながら勉強する者」と説明がある。

兆民は差別の問題をどう考えていたのだろうか。筆者が調べた限りでは、これに直接言及した文献は見当たらないが、被差別部落民についての発言はある。大阪での「東雲新聞」時代に書いたものと推定される「新民論」で、自分はかつての穢多、今の新平民である。士族、平民諸君はわれらを汚いといって、食卓を共にすることはない。諸君はわれらの臓腑は汚いといっているが、われらはいまだ牛肉や鶏肉を自分の肉に、葡萄酒をわが血とする妙術を学んでいない。われらの同僚中には死獣の皮をはぐ者がいるが、諸君の同僚中には死人の皮をはぐ者がいる。獣の皮をはぐ者を穢多といい、死人の皮をはぐ者を医者という、などと延々と続く。しかし、被差別部落が何故生じたかという社会構造的なものにはまったく触れていない。総じて差別の社会科学的分析はこの時代にはまだなかったのでやむをえなかったともいえる。兆民は明治二十二年本籍を高知市から大阪府の西成郡曽根崎村下渡辺村に移している。被差別部落の地である。ただし、兆民の親族には被差別部落関係のものは一人もいないのは既述のとおりである。

七、幸徳秋水「万朝報」社に移る

明治二十九年、秋水は、麻布市兵衛町の小野家を出て、近くに小さな家を借りて、母多治子を土佐中村から呼び、母と子の世帯を持ったことは既に書いたが、間もなく更に広い家に越した。同時に縁談があった。福島県田辺郡三春町に住む旧久留米藩士の娘朝子と伝えられる。兆民門下の友人森田某から相手の写真を見せられたが、秋水は「君がいいと思うならそれでよい」といとも簡単に承諾した。

ところが、「中央新聞」の主筆松井柏軒が、その結婚式の帰途、吉原と思われる遊郭に寄ると、そこに秋水がいた。驚いてわけを聞くと、「いや、花嫁はきわめて素直、忠実なので母がとても気に入ったのです。私は女中のような女は御免ですといったのですが、母がどうしても結婚しろというので、式はあげたのですが、我慢できずにとび出してきたのです」ということだった。それでも朝子は嫌な顔もせず夫と姑につかえていたが、秋水は封建的で教養のない妻が気にいらず、三か月後里帰りした妻に離縁状を送りつけた。

この時代には新しいタイプの結婚が現れていた。たとえば北村透谷であるが、東京は三多摩地方の自由党の代議士石坂昌孝の娘で才媛の誉れ高かった石坂美那子と激しい恋愛の末、明治二十一年（一八八八）周囲の反対を押し切って結婚した。美那子の影響で透谷はキリスト教に入信、洗礼を受けた。明治二十五年（一八九二）「女学雑誌」に発表した「厭世詩家と女性」

という評論冒頭の「恋愛は人世の秘鑰《やく》なり、恋愛ありて後人世あり」、という言葉は、恋愛は人生という秘密の扉を開ける鍵である、恋愛があって後人生がある、という意味だが、島崎藤村はじめ多くの人に衝撃を与えたといわれる。透谷は明治二十七年（一八九四）に二十五歳で自殺した。彼は精神の自由を求めたが、現実との齟齬に悩み、鬱状態に陥っていたとされる。しかし、秋水はこういったことに心を動かされた形跡はない。朝子を封建的であるといって離縁したことと矛盾するようだが、秋水の中にも、先にも述べたように封建的女性観が定着していたのかもしれない。

明治三十年（一八九七）のはじめ、秋水の母方の親戚安岡雄吉がヨーロッパ旅行から帰ってきた。幼馴染だった秀夫の兄である。秋水は芝君塚町の家を訪ねた。雄吉はイギリス滞在中、いろいろな社会主義思想の研究をしたが、社会主義そのものは日本の国情に合わない、といった。そして、ドイツの社会経済学者シェッフレの著書『社会主義真髄』の英訳本を貸してくれた。秋水はこれによって、社会主義の輪郭をつかむことが出来た。

秋水は明治三十年（一八九七）、「中央新聞」の論説担当の外、「団々珍聞《まるまるちんぶん》」（略称まるちん）の「茶説」を引き受けることになった。秋水が子供のとき愛読した雑誌である。同誌は明治十年（一八七七）に野村文夫が創刊した週刊の時局諷刺雑誌だが、経営不振もあり、「中央新聞」の大岡育造が明治二十七年（一八九四）に買い取った。それゆえ、このときは「中央新聞」の傘下にあった。「茶説」は「社説」の意味である。同年の四月十五日号には「新自由党報告書に擬す」という「茶説」が掲載されている。二月二十八日、立憲自由党の脱退者が東京芝の紅葉館で「新自由党」の盛大な結党式をあげたことを諷刺したこの「茶説」はかなりの影響力を持った。第二次伊藤博文内閣は第十議会に軍備拡張予算案を提出していたが、新自由党員は、バタバタと全員起立賛成した。一人あたり大枚百円から五百円を海軍大臣樺山資紀、陸軍大臣高島鞆之助からもらったといわれる。買収である。兆民のときと同じことが起こったのであった。

大方の喝采を博したのは、同年十一月二十七日号の「記者連合軍」であった。同月、芝の紅葉館に経済、中央、自由、毎日、読売、日本、万朝、報知など主な新聞の一騎当千の記者が集まり、松方内閣の言論弾圧、進歩的党員を追放したことに抗議する集会を開いたことを書いたのであった。「総勢およそ十万人余、もみにもんでおしすすみ、一度にどっと鬨の声をつくれば、天地もために震動し、・・・」とあるが、十万人余は誇張にしても一般の民衆も入れれば、数千人は集まったのであろう。秋水の原文の続きを読もう。「かかるところに寄せ手のなかより嘘皮おどしの一人の武者、膝栗毛に鞭うち、陣頭にかけいで大音をあげ、遠からん者は音にも聞け、近くば寄って目にもみよ、われこそは日本無双の滑稽雑誌と天下にその名をとどろかせし団々珍聞、字《あざな》は於東京絵《おどけ》、われと思わん者はであえやっ、とよばわったり」。松方内閣はその後、総辞職した。

松方内閣の後、第三次伊藤博文内閣が成立したが、組閣に先立って伊藤は「中央新聞」をそっくり買収してしまった。伊藤内閣の走狗と化した同紙に留まることを潔ぎよしとしなかった秋水は、辞職の決意をした。伊藤は自由民権を骨抜きにした張本人だし、保安条例で、東京を追い出されて、東海道を飢えと寒さに耐えながら歩いた恨みが骨髄に染みていたのかもしれない。ただ、皮肉にも秋水を大逆事件の名目で死にまでおいやったのは伊藤ではなく山縣有朋であった。山縣は長州藩の下級武士の子、戊辰戦争で頭角を表し、徴兵制を施行して日本陸軍を創設したとされる。その後、帝国陸海軍を天皇の軍隊にすることに腐心し、明治憲法第十一条に「天皇は陸海軍を統帥す」を入れるのに成功した。この十一条が後に軍部の暴走を許すことになったのは周知のとおりである。山縣は人望がなく、人気の出ない政治家で、友人も少なかった。それであえて、朋有り、「有朋」と号したとも伝えられる。

秋水は辞職の意志を伝える手紙を兆民に書いたが、その返信が残っている。

「主義云々は一応ごもっともですが、母上様も一緒に住んでいらっしゃることだし、なにぶんにもこの社会は衣食というものが必要です。それゆえ幾分なりとも志をまげることがあってもやむをえないことです。孟子もそのために仕官もしたのです。また新聞記者必ずしも自分の考えと反対のことを書かなければならないわけでもなく、そのへん臨機応変に対処するがよろしいかと存じます。ただ、社の提携、買収など、特に耐え難きときは、いかに衣食のためとはいえ、明治社会の模範たるべき人間は出処進退を決めなければならなくなるときもあるでしょう。この複雑な世に処していくには、伯夷、柳下恵の中間をいくことが肝要かと愚考します」。

伯夷は古代中国殷代末、周代はじめの孤竹国の王子、伯夷、叔斉と称せられるが、前者が長男、後者が三男である。父王は三男に王位を継がせるという遺言を残すが、叔斉は兄をさしおいて王位につくことは出来ないと断る。伯夷は遺言を守らなければならないと言い残して出奔、叔斉もまた国を出た。王位は二男が継いだ。二人は名君の評判が高かった周の文王の許に向かったが、文王すでに無く、子の武王の時代になっていた。周は殷王朝の一諸侯に過ぎなかったが、武王は殷の暴虐無比な紂王を討つべく兵を起こした。二人は臣たるもの主君を討つのは君臣の道に外れるといさめたが、武王は聞き入れず、殷は滅び、周王朝になった。二人は周王朝を認めず、山に入ったが、餓死した。伯父、叔母、など伯叔の語源とされる。節を曲げなかった人物の代名詞となっている。

柳下恵は周代魯の国の人だが、経歴はよく分かっていない。悪君に仕えても恥じることなく、つまらない官職についても不平をいったりしない、主君に見捨てられても恨まず、困難にさいしても憂えず、招かれた以上は斉しく賢を与え、解任されても、辞職せず、といった人物で、厚かましい男の見本とされることが多かった。この両者の中間を行くのが肝要ということで、慰留の手紙と解するべきだろう。

秋水はこの手紙について兆民亡き後、何と懇切丁寧なのだろう。私はまた先生の慰留を聞かないで、中央新聞を去った。先生は、私を黒岩涙香君に頼み、「万朝報《よろず》社」に入社させた。私は当時年若く、気負いもあり、放縦であった。東西に吹く風のごとくしきりに先生を煩わせた。今にして思えば慙愧に耐えない（兆民先生）、と書いている。

秋水は明治三十一年（一八九八）二月初旬、論説記者として「万朝報社」に入社した。「万朝報」はタブロイド判の日刊紙、この時代売上部数十三万と称し、日本最大の新聞であった。

ここで黒岩涙香について調べておこう。涙香は文久二年（一八六二）土佐藩安芸郡（現在の高知県安芸市）の郷士の家に生まれた。秋水より九歳年上であった。藩校で漢籍を習い、大阪に出て英語を学び、東京では慶応義塾に入学したが卒業はしていない。その後、明治十八年（一八八五）「絵入自由新聞」の主筆になり、明治二十五年（一八九二）十一月、銀座五丁目に土地を借り、万朝報社を起こして、社長になった。社名，新聞名は「万重宝《よろずちょうほう》」をもじったのである。当初は読者の好奇心に訴える暴露記事と、「ああ無情」、「岩窟王」、「鉄仮面」など西欧の小説の翻案を連載していたが、次第に紙面の向上に努め、秋水が入社した頃には、内藤湖南、内村鑑三、田岡嶺雲、斉藤緑雨、森田思軒、堺枯川（利彦）、円城寺天山など一流の学者や文化人を編集局にそろえていた。涙香は論説の内容には一切干渉しなかった。

秋水が入社した二月、東京・青森間の東北線を持つ、日本鉄道の機関士が待遇改善を要求して二十四・二十五日にストライキに入った。東北線は完全にストップした。前代未聞の事件であった。秋水は同紙の三月五日号に「社会的人権の認識」を執筆した。まず、冒頭で、方々で起こった中小のストライキを肯定的にとらえている。以下、概要を記す。

―荷主や旅客は、その損害や危険を訴えてしかるべきである。会社の怠慢を責めるべきである。政府の監督責任を問うのも当然である。しかし、さらに思いを深くしなければならないのは、近時わが国の労働者がみずから、労働者には社会的人権というものがあるということを認識してきたということである。これはわが国の文明史上の一大問題である。だが、これは憂慮するようなことではない。欧米の人民は政治的自由を獲得するために億万の生命・財産をなげうってきたが、わが国の人民は比較的平和のうちに政治的自由を得てきた。これは欧米人に誇ってもいいことである。労働者の社会的人権も社会進歩の大勢をよく見て、方法を尽くせば欧米の弊害を免れるだけでなく、造反運動も鎮静化することが出来る。要は当局の明晰な決断である。飢えたる者に職を禁じ、目あるものに見ることを禁じ、人権に目覚めた者を、しいて奴隷とする。こうされた人々が激昂したとしても当然ではないか、世の識者は意をここに用いなければならない。―

機関士代表は二月二十八日から日本鉄道会社と団体交渉に入っていたが、会社側は臨時昇給など労働者側の待遇改善要求を全面的に認め、三月六日交渉が妥結した。秋水の論説が掲載された翌日であった。

二月十一日は紀元節で、現在も建国の日となっているが、明治三十一年（一八九八）年のこの日、秋水は「万朝報」での最初の論説「紀元節をかなしむ」を発表した。十年前明治二十二年のこの日に明治憲法が発布されたのであった。「わが国民は憲法発布に興奮して、欣喜雀躍ほとんど狂わんばかりであった。以来十年、専制、抑圧の政治は依然として改まっていない。憲法は藩閥のために蹂躙され、政党は麻痺、社会は日々、腐敗・堕落の途を辿っている。新内閣と自由党が提携したのは見るにしのびないものがある。伊藤博文首相は自由党に対して政党内閣は国家に不利益である。世論というものは国家の進路を阻害するものである。諸君はその世論とするものを捨てよという。これは明らかに新内閣が政党を無視して専制政治を行う宣告である。しかし、自由党員はこれを聞いて随喜の涙を流し、進歩党は沈黙したままである」。

第三次伊藤博文内閣の在任は明治三十一年の一月十二日から同年の六月二十四日までであった。憲法発布が十年前とすると明治二十一年となり、現在の数え方からすると変だが、このころはいわゆる「数え」で数えていたからかもしれない。三年忌の法要は今でも亡くなった年から数えるから、死亡年の翌々年である。一年後に一周忌になり、次の年に三年忌になるのである。「一膳の酒肴に舌ずつみをうち、これまで幾多の志士を殺し、放逐し、議会を解散して、民論を蹂躙し、政党を無視した伊藤公であることを忘れ、これを手放しで喜んでいる、今の自由党はまさにこれである。進歩党は同じ轍を踏んではならない。この大臣にしてこの政党、この議員、彼らに憲政の充実を求む、実に木によって魚を求めるようなものである。ああ、紀元節、私は国祖が国を肇めた日、その志を思い、憲法発布の日、祝杯をあげながら、雲のような暗愁が湧いてくるのを止めることができない。私はついに今日の紀元節を祝う術を知らないのである」

二月二十六日号には、五回目の論説「教育界の迷信」を発表した。「現在のわが国教育のもっとも急を要するのは、世のいわゆる教育問題ではなくして、教育社会に蔓延する一種の迷信を打破するにある。教育の真の精神を発揮するにある。迷信とは何か。いわゆる勤王・愛国をただちに教育そのものの目的とすることである。勤王・愛国、はもとより結構なことである。しかし、人は勤王だけで生きているのではない。社会は愛国だけで進歩・繁栄するものではない。単に勤王・愛国のためにのみ、生き死にするように教育するとすれば、それは一種の宗教である。某侯がかつて部下の将校に質問した。『兵の要諦は何か』、『国家の為である』との答えだった。侯は憮然として『なぜ、聖明のためといわないのか』と慨嘆した。天下の人はみなこれを聞いて感嘆した。侯のことばはまことに敬服に値するものだが、兵の要諦は、ここに留まるべきなのだろうか。今の教育の要諦は、聖明のためといえば、天下の人々は必ず賛美するであろう。しかし、私はいおう。教育の前途を誤るのは必ずこういった言なのである」

「聖明」は天皇のこと。兵の要諦は、武器の扱いや集団行動の習熟など、技術面が何よりも大事だろう。戦闘機のパイロットが操縦に習熟していなければ、戦うことはできない。教育も同じで、勤王・愛国だけでは生きていくことはできない。

第一次安倍晋三内閣のとき、教育基本法が改変された。第二条に「わが国と郷土を愛する」を付け加えたが、これは旧法にはなかった「愛国」である。では、旧法はどういう人間性をめざしていたのだろうか。第一条を見ると、「教育は人格の完成をめざし、平和的な国家および社会の形成者として、真理と正義を愛し、個人の価値をたっとび、勤労と責任を重んじ、自主的精神に充ちた心身ともに健康な国民の育成を期して行われなければならない」とある。愛国とか郷土を愛せといった文言はなく、一般的普遍的な人間の育成を期しているようである。特に注意すべきは「個人」という言葉が使われていることだろう。「愛国」といえば、嫌でも日本人であることを意識する。外国に行ったときはいろいろな国の人と接するが、相手は何国人かと意識することになる。それは当然なのだが、相手がイギリス人やフランス人だったら一目置き、中国人、マレーシア人などアジア系の人だったらなーんだと安心する心理になる。そんなことはどうでも「個人」として接することが大事だ、と旧法は期待していたのではないだろうか。「愛国」を意識すれば「脱亜入欧」、すなわち差別意識にもつながろうが、個人として接すれば、イギリス人もマレーシア人も中国人もトルコ人もインド人も同じである。ここに中江兆民の先見性がある。従って、改変された「教育基本法」は兆民以前に戻ったことになる。郷土愛といったものは自然に形成される感情で、法によってどうこうされるものではない。

さて、秋水の論説は、第三次伊藤内閣の文部大臣になった西園寺公望への期待へ、と続く。西園寺は、教育勅語だけでは物足りないので、第二の勅語を考えていたといわれる。しかし、半年後、内閣は総辞職したので、実現には至らなかった。既述のように、西園寺は兆民よりも前にフランスに留学しており、兆民帰国の後も残った。西園寺は自由民権論者のエミール・アラコスのもとで学んだリベラリストであった。秋水はこうしたことを師から聞いていたのであろう。

同年の十一月十八日・十九日付けの同紙に「社会の腐敗の原因およびその救治」を書いている。要点は以下の通り。

—今日の社会は、生産力が発達し、富も増加しているのに貧困、窮乏はますます増加している、極めて不正、不道徳な社会である。これは現在の制度組織が資本家に莫大な保護を加えて、富が一部に集積するのを制限することがないからである。この社会制度のために国民は四六時中働いても、とうてい資本家のような生活は望むべくもないのはもちろん、彼らの労働は彼ら自身の要求を犠牲にして、ただ、ひたすら資本家に奉仕しているのである。

政界の腐敗堕落も同じ。誰それは節操を売り、誰それは脱党した。かれらは、これをしなければ零落、餓死する恐れがあるのである。自由党員が藩閥貴族に頭を下げるのは、その爵位と世襲の財産に頭を下げているのである。進歩派が、三菱の岩崎の走り使いにされているのは、その財力に走らされているのである。維新以来三十年、日本の社会組織は実にこれらの富豪と貴族を保護助長して、貧富の差を大きくし、遂に彼らを政界の無冠の専制君主にしたのである。これらを改めるには、貧富の平等を促さなければならない。民に資産を持たせ、教育を普及し、制限選挙を普通選挙とし、貴族法改正、遺産相続法の改正、貧民法、工場法の制定、専有的私設事業の国有化などが考えられるが、これを今の腐敗・堕落した政治家に望むのは無理であろう。ああ、誰かこの大改革を我と共にやろうとする人は出ないだろうか。―

同年の十月十八日、「社会主義研究会」が再発足したが、同会の村井知至、片山潜は入会勧誘の連名のはがきを秋水に出した。秋水は快く応じ、十一月二十日の第二回の会合から参加した。

八、秋水、師岡千代子と結婚する

明治三十二年（一八九九）七月、秋水は兆民の世話で、旧宇和島藩主師岡正胤の次女千代子と結婚した。国文学に通じ、和歌も詠み、日本画を描き、英語、フランス語も解する稀に見る才媛ということだった。前回、無学な女性で失敗したので、今度は教養のある女性をということだったらしい。

正胤は、京都の等持院に祀られている足利尊氏の木造の首を切り落とした事件の首謀者の一人で、七年間罪により、信州に幽閉されていたが、許された後、宇和島藩伊達家に仕えていた奥女中と結婚し、須賀子、千代子の二人の娘を儲けた。須賀子は裁判官松本安蔵と結婚して名古屋に住んでいた。このとき正胤は他界し、須賀子は妹の縁談を熱心に勧めたという。めでたく縁談が成立し、芝浦の竹芝館というところで式が行われたが、またしても披露宴の途中で花婿の姿が見えなくなった。

その日の夕方、小泉三申のもとに秋水がふらりと現れた。これから、愛宕山下の料理屋の二階で飲んでから吉原に行くからつきあってくれ、という。

「何をいう、おまえは今夜は婚礼だろう、早く会場へ戻れ」三申がいうと、

「いや、見合いのとき花嫁の後ろ姿を見たが、すらりとしていてこれは美人だと思ったが、今日正面からじっくり見直したら十人並以下だった。吉原へ行って二、三日帰らなかったら、

花嫁もびっくりして逃げ帰るだろう」という。

これからすると小泉三申は披露宴によばれていなかったことになる。披露宴は「万朝報」の同僚中心だったのだろうか。とにかく三申は料理屋から吉原までつきあった。

「おまえはそれでいいかもしれないが、おっかさんはどうなる、いても立ってもいられまい。この前も泣かせ、今度もまた泣かせる、おまえは親不孝者だ」

結局、三申は泥酔した秋水を捻じり伏せるようにして、婚礼のためにとった宿まで送り届けた。三申は、秋水は美人至上主義者であったと語っている。「彼が我を折って反省したのには多くの理由があるであろうが、先妻一件の心の痛みと、母親に対する孝心とが、美人主義を圧倒した主要な理由ではあるまいかと思う」と書いている。

しかし、秋水は千代子を妻にしてからは、吉原通いをピタリとやめた。「私は、豪放、磊落がって、たびたび吉原などへ出かけて、一両日も家を空けたこともあったが、いつまで道楽していても仕方がない、と悔い改めて、今後は断然狭斜（遊里）の地は踏むまい、と発心した」と書いている。

秋水の死後、小泉三申は千代子から小さな柳行李を預かった。中には論説の原稿らしいものなどが詰まっていたが、『時至録』と題する明治三十二年八月十八日から同年十二月十六日までの日誌があった。表紙の裏には「荘子秋水篇いわく、秋水時至れば百川河に灌ぐ云々、すなわち取って以て題とする」とあった。題名の由来を述べたものだが、秋水の号も『荘子』から取ったことが分かる。新婚まもない、論説記者の経済状態が詳しく記述されている。たとえば、

九月二十九日を見ると、

—私が受け取るのは月に六十円足らずである。月末の支払は、社で昼飯料二円内外（近頃は昼飯後に出勤するので、大分減った）、帰宅のときの車代二、三円、無尽が二円、月の中ごろに社から十円を借り、それを月末に返済。また社から病気、旅行などで百円近くの金を借りているので、その返済が毎月五円、故に月末に家に持ち帰るのは二十五円から四十円を過ぎることはない。

しかるに、家の月末の支払は米屋、薪屋、魚屋、酒屋、車屋、呉服屋、家賃などで、三十五円から四十円で、ときには四十五円になる。その内訳は母上がすべて取り扱っているので、私は知らない。母上が上京した当時は、商人との応対がうまくいかなかったので、私が直接談判して、五円のところを三円に、十円を七円にして払っていたが、近頃は母上も窮乏生活に慣れ、また商人も私を信用するようになったので、三円、五円の不足はさほど苦にならなくなった。しかし、四十円払わなければならないときに三十五円しか持ち帰らないと、母上の眉が吊り上るのはもちろんだが、三十五円払ってしまうと明日からの小遣いがなくなってしまう。これまでは社以外の原稿によって補ってきたが、これも私が不健康で根気がなく、生活が不規則で、ときどき痛飲放歌するために、極端な窮乏に陥ることがあった。そんなときは衣服を質に入れることもあったが、母上はそんな恥ずかしいことを、と呆れておられたが、近頃は東京の紳士連が同じことをしていると分かってさほど悲しまれなくなった。

私は，団々珍聞に月四回の戯文を書いて十円を得ている。この金はたいていは普段の小遣いにあてているが、二か月前不時の入用があって二十円ほど借金したので、その返済に十一月まで七円づつ返している。

今月は以上の外、所得税六円、横田専吉（横田金馬の弟）に五円を与え、御茶屋との関係を断つために、遊蕩料の残金十五円を払ったので、二十円余り足りなくなった。これらの精密な計算は私にはできないが、雑誌その他の原稿料にて埋め合わせることができた。ただ、四、五円の米、薪の支払が不足した。―（中略）―不幸なのは私の不健康である。私に著述がないのも、金銭がないのも、運動しないのも、十分な名誉、または権勢を得ることができないのもこれがためである。健康を養わなければならない。―

この後、秋水は、これからは家があり、妻があり、多少の名誉もあるし、また己の信ずるところを天下に行うためには、身を正し、家を斉しなければならない。それには多少の貯蓄も心がけなければならない、と書く。そして、四時に帰宅して、妻と落語を聞きに行く、とある。

運動の方は近くの弓道場に朝食前に通うことになった。宇和島出身で後に愛媛県から代議士になった村松恒一郎に誘われてであった。十一月十一日には、「朝食前、弓引きに行く。百本余り引く、これより毎日行こうと思う」とあるが、忙しさに紛れて長続きはしなかった。十二月二十二日を見よう。

―年が暮れようとしているが、懐中に一銭もない。昔から、貧困は文筆で生活する者の常であるが、まして才乏しく、志だけがいたずらに大きいのが私である。ただ、なんとか米、薪を買うことが出来るのをもって幸いとするのみである。老いたる母は、昔は多少世間に誇りうるものもあったが、今の不自由を嘆く愚痴が折りに触れて出るのは気の毒だが、如何ともすることが出来ない。妻ならば、諭しもすれば、叱りもし、気焔もはくことができるが、母上にはそんなことは出来ない。明日、堺利彦の子の葬儀に行かなくてはならないので、一日も早く論説を仕上げるべく、机に向かうも、またも家事経済の相談である。私は母上に対して断固これを拒否できないし、解決方法もない。ただ、我慢して聞くしかない。すると頭脳は俗事に染まり、思考は雲散霧消してしまう。とうとう、一行も書かずに筆を置き、酒を痛飲するが、酔っても少しも楽しくないし、暗愁がますます濃くなって耐えられなくなる。母上と妻に向かって、言いたい放題を尽くし、家を出たが、酔いはますますはなはだしくほとんど昏倒するばかりであった。新聞社の編集局に入って、なお、放言し、訳のわからない高説を述べる。皆、酔った私を見て、慰めたり，なだめたりし、車に乗せて帰宅させた。四時過ぎに帰宅。頭脳は昏昏として、一、二時間たっても一向に醒めない。再び、妻を伴って家を出て、八官町の川島で飲む。夜になって雨蕭々と降る。泥濘の中を歩いて十二時ごろ帰る。

　酔って、人事が分からなくなったこのような日を繰り返すべきではない。母は怒り、妻は迷惑、不幸の子にして，不仁の夫である。恥ずべきである。―

人間幸徳秋水が如実に出ていて、実に興味深い。月に六十円の給料は、自由新聞の駆け出し記者の頃の七円、八円に較べれば格段に恵まれているし、大新聞の論説記者である。しかし、秋水は少しも満足していない。世間的な幸福には何の興味もなかったのである。

さて、秋水は、この間どういう活動をしていたのだろうか。同年、三十二年の十二月十四・十五日付けに「政局一転の好機いたる」を書いている。当時の第二次山縣有朋内閣に不満を持つ、自由党が再び伊藤博文に接近していた。論説の目的は両者を離反させるにあったが、買収に応ずる者が多数出るなど、ほとんど影響力がなかった。

また、秋水は、この頃から、代議士に出ることを考えていた。「時至録」十一月十八日には、紅葉館で開かれた四国減租同盟大会に出席して、高知県の代表として幹事に選出された、とある。この減租同盟を選挙の足掛かりに考えていたようである。

地租は、豊臣政権から徳川政権に移ったころ大規模な検地と兵農分離が行われ、土地は原則として実際の耕作農民が持つことになり、土地の売買を禁じた。ただし、質入れは禁止されなかったので地主層が徐々に形成された。明治政府は一挙に売買禁止を解き、租税は金納制とした。しかし、かつての物納制の頃と同じだけの税収額を目標としたため、農民の負担は重く、土地を売って小作農になる者が続出し、地主が急速に増えていった。初期には国税収入の八十から九十％を占めたという。以後、地租減額の運動が繰り返し広範に起こった。山縣有朋内閣は、明治三十二年四月からそれまでの地租、二・五％を五年間限定という条件で、三・三％に値上げした。そこで、地租復旧運動が全国的に起こった。

秋水は、明治三十二年十一月二十三日付けに「地租復旧運動について農民諸君に告ぐ」を発表している。「地租を引き下げるということははたしてできるでしょうか」という農民の問いに答えて、本案は前の議会においてしばしば否決されたではないか。第十三議会においても進歩派だけでなく自由党でもおおいに反対する者があった。それを政府があまたの議員を買収して、やっと賛成多数にしたのである。このような無理、非道を重ね、世論をおしふせた結果、その反動として全国的に非増税同盟が結成されたのである。諸君自身が増税反対に動くことが大切である、と書いている。

たびたび出てくる買収の資金だが、山縣有朋が、資金の必要ありと明治天皇に奏聞（お願い）して、宮内庁から九十七万円を引き出したといわれている。また、山縣内閣は政党に利権を与えて、操縦したと尾崎行雄が、「咢堂回顧録」に書いている。

この頃の政党状況を調べておこう。明治三十一年（一八九八）板垣退助の自由党と、大隈重信の進歩党は六月、総選挙のため合同して憲政党になった。目的は薩長の藩閥政府打倒だった。同月の総選挙で、過半数を獲得し、大隈重信首相、板垣退助内相の最初の政党内閣が誕生した。しかし、貴族院の攻撃と、党内対立のため、同年十月三十一日総辞職し、第二次山縣内閣になった。憲政党は、旧自由党系の憲政党と、旧進歩党系の憲政本党に分裂した。なお、明治憲法下の内閣は、議員内閣制ではなかったことに注意したい。明治憲法には、日本国憲法六十七条「内閣総理大臣は、国会議員の中から国会の議決でこれを指名する」にあたる条文がない。つまり、総理大臣は国会議員である必要はなかったのである。貴族院は別として、衆議院議員は今風にいえば全員野党だったのである。政党内閣になったということは、大隈重信は議員ではなかったが、尾崎行雄、犬養毅、林有造などの閣僚は衆議院議員で、今と類似した内閣が誕生したのである。

秋水は、憲政党の実力者星亨の懐刀である岡崎邦輔としばしば会っている。『時至録』三十二年（一八九九）十月二十九日には「午前八時、岡崎邦輔を内幸町の邸に訪れる。彼に会うのははじめてであった。怜悧、機敏をあらわすその眉は大岡育造に似ていたが、態度は大岡よりも上品であった。弁舌は流れるように巧みであった。自由党の内訌問題と陸軍腐敗について談じて帰宅する」とある。

これより前の十月二十七日、秋水は三申のお膳立てで、石坂昌孝、森久保作蔵に会っている。石坂は神奈川県議会議長であり、横浜港本牧埋立問題の黒幕であり、森久保は東京市街鉄道市有化問題のボスであった。石坂は、前述のように北村透谷の恋愛結婚の相手美那子の父であり、結婚に反対した。

岡崎邦輔との会見の目的は不明だが、岡崎も本牧の埋立にからんでおり、三申が岡崎から利権にからむ金の一部を受け取り、そのまた一部を秋水に与えたということらしい。三申は、東京市電問題にも関係しており、利益の一部を秋水に渡した、とのメモがあるという。このあたりの詳細は今もって分からないらしいが、いずれにしても秋水も政界の黒い霧の中の一角にいたということであろう。といって、政界批判の筆鋒が鈍るということはなかった。

明治三十二年七月堺利彦（枯川）が「万朝報」社に入社した。堺利彦は明治三年生まれ、秋水より一つ上である。豊前国豊津（現福岡県みやこ町）の小笠原藩の下士の家に生まれた。第一高等中学（旧制一高の前身）を中退、大阪の新聞社などを転々とした後、毛利家編纂所に入って、『維新回転史』の編集をした。朝報社では文学欄を担当、月給は五十円であった。

堺の日記『三十歳記』には同年の九月二十五日の項に「昨夜、秋水と語る。秋水もまた功名を急いでいる。彼は外交史を執筆しようとしているが、出版してくれる書店がないのを憤っていた。彼曰く、これは、私が無名のためである。名を得るために本を出そうとするが、名前が知られていないために出版することができない。この不平は一理あるが、これは資本がないために商業を営むことができないと嘆く商人と同じである。秋水もまた間違っていないといえるだろうか」とある。堺は秋水の功名心の激しさに違和感を覚えたのであった。

これからすると、秋水は、名声が上がりつつある「万朝報」の論説記者程度には全く満足していなかったことが分かる。ともあれ堺利彦は秋水の生涯の友になる。小泉三申とはその思想が違っていたが、堺とは同じであった。

さて、秋水は、同じ明治三十二年の六月、村山知至、片山潜の紹介で入会した「社会主義研究会」の第八回の会議で、「現今の政治社会と社会主義」と題する研究発表を行った。研究会では、外国の著名な社会主義者とその理論を紹介していた。第五回、片山潜「フェルジナンド・ラサールの社会主義」、第六回、村井知至「カール・マルクスの社会主義」、第七回、安部磯雄「ヘンリー・ジョージの社会主義」といったふうだったが、秋水は社会主義の立場から日本の現実を批判した。以下要旨である。

―藩閥政治家は，自己の権勢を維持するために、政党を破壊することに力を注ぎ、政治思想の発達を妨害し、さらに大学を私物化して、学閥をつくり、教育の目的は、国家、政府、長上に服従する国民をつくるにあるとし、独立、権利の思想、公徳心、平等、博愛の精神を育成するのは極めて有害であるとして、これを排斥、極端な場合、教育勅語のときに起立、低頭しなかった教員を教壇から追い、神道を論じたとして、ある教授を大学から放逐した。今日政界の腐敗・堕落が資本家の跋扈、平等の破壊、社会的公徳心の欠乏からきているとすれば、これを救うものは、真の平等・博愛の精神をもって、資本家の跋扈を制して、富の正当・公平な分配と、知識、教育の普及を理想とする社会主義でなくて何であろうか。これらの細目は今後の研究に待つことにしても、目下の急務である選挙法の改正、貴族制度の改廃、小学校教育の無償化，工場法・貧民法の制定など、社会主義者の運動にまつところ大である。―

このうち、「ある教授を大学から放逐」は、東京帝国大学教授だった久米邦武が、その論文「神道は祭天の古俗」が不穏当であるとして、大学を追われた事件を指している。

研究会は、三十三年一月「社会主義協会」になり、三十四年五月発展的に社会民主党が結成されたが、即日禁止となった。しかし、秋水は、ひたすらこの道を進むことになる。

九、中江兆民、「百零一」を出す

さて、中江兆民である。政治上のたたかいをやめて実業界に首をつっこんだのは、疲れたのであろうし、政党と議会に絶望したと考えられる。兆民の言い分は、今の政党員が容易に政府に買収されるのは、要するに貧困に耐えられないからである。自分は十分な資金を作って、再び、政界言論界に復帰するというのであった。しかし、彼に期待した青年たちには、これは裏切りと映った。たとえば、北村透谷は「兆民居士いずくにかある」（透谷全集二巻、明治二十六年二月）で「兆民居士が議会を捨てたのも、自由党を捨てたのも、もっともである。兆民居士は政治家ではないし、政党員にふさわしい人ではない。しかし、何故に一個の哲学者でありうるのか、何故にこの混濁の社会を憤り、この紛争に明け暮れる小さな列島に激怒し、痛切な声を思想界の一方に放つのか。私は兆民居士に面識はないが、ひそかに居士の言説を遠くから羨ましく見ていたものである。しかし、今は兆民居士はいない。半仙半商の中江篤介、卑怯にして世を避け、驕慢にして世を捨てた中江篤介あるを聞くだけである」と書いている。

明治三十一年（一八九八）一月、第三次伊藤博文内閣ができたが、自由党はその軍門に下って与党になった。兆民は、創設した毛武鉄道株式会社の株が、日清戦争後の好景気で値上がりし、若干の金を手にしていたが、これに憤慨、その全てを注ぎこんで、同月十五日、雑誌「百零一」を創刊し、同時に「国民党」の名乗りをあげた。党員は若干名を登録したが、実質は兆民一人であった。なお既述のように、明治憲法下での与党の概念は今とはだいぶ違っていた。今は総理大臣は、国会議員の中から出すので、総理を出した政党が与党となる。それゆえ、与党は政府の政策に議会その他で正面から異を唱えることは出来ない。一方この時代の総理は国会議員である必要はないので、衆議院議員は全て野党であるといってもよい。兆民が政党内閣を、と叫んだのは、国民に選ばれた人間による政府を、という意味でもあった。自由党が与党になったということは、買収、利権に応じて、政府のいいなりになったということであろう。

「百零一」は兆民の感情ばかりが過剰で、論理性に乏しいといわれている。第一号を見ると、「人を食らう鬼、相食む獣、歳費を食うて国民の肉を食い、利権を食いて、人相食む、これ鬼なり、獣なり、怪物なり。吾は人類、何の交渉もなし。・・・中略・・・提携は老獪な専制と愚弱な政党の野合から生まれた妖怪である。すみやかに絞め殺さなければならない」などとあり、一方、国民に対しては、第三号で「起てよ国民、君たち自ら政党の田畑を開墾せよ、君たちの酒樽、米俵、縮緬、木綿、鋤鍬、繭糸、株券、ドル箱、汽車、汽船から湧き上がる意志をこの田畑に蒔け。吾らは喜んで、君たちのための書記になり、ラッパ卒となり、説教僧となり、広目屋となり、筆墨をもってこれを唱道し、声をもってこれを呼号し、・・・以下略」とある。この時代の選挙権は直接国税十五円以上を納めている男子に限られていた。十円に下げられたのは三十三年（一九〇〇）であった。従ってここで国民というのは富裕な自作農、小地主、余裕のある事業主などであった。それと自由党に対する憎悪の念が強すぎて、これへの冷静な科学的批判がなかった。

同時に発表された「政綱」には、年来の主張であった憲法の点検や、華族制度や枢密院の廃止、政党内閣の樹立もなかった。政党を道徳的に批判するだけでは不十分で、政策的科学的に批判し、新しい合理的な道を示すべきであった。

第四号では、日清戦争の結果得た遼東半島をロシア・フランス・ドイツの干渉によって中国に返還したことをもって政府を攻撃している。「外交とは清帝国の分割であり、欧州列強の軍事力の排出であり、白人の黄人に対する嫌悪感の発露であり、軍艦の後を行く商船の侵入であり、平和の美名を装った攻略であり、残酷な愛国心の主張であり、文明の皮をかぶった野蛮である。・・・中略・・・列強の外交はこのようであるのに、日本の外交は、大恥辱、大滑稽、大悲劇である」

「大恥辱」云々は、日本が返還した後、ロシアが同半島南端の天然の要害旅順、また威海衛などを一兵も動かさずに清国から租借したことをさしている。多くの識者が指摘しているように、兆民の思想は『三酔人経綸問答』に要約されていると見ていいだろう。同書の豪傑君の発想は列強に互して、植民地を獲得して世界に雄飛するというものであったが、兆民の中にこういった思想も眠っていたことは確かだといわれている。「百零一」は資金が続かず四号で終わった。

二年半後の三十三年（一九〇〇）九月、兆民は，対ロシア強硬政策を主張する近衛篤麿の国民同盟会に入会し、拡張委員になった。幸徳秋水が兆民に「国民同盟会はロシアを討伐することを目的とした帝国主義の団体ですが、これに参加するのは自由平等の大義に悖《もと》るのではありませんか」と質問した。兆民は「ロシアと戦って勝てば、大陸に雄飛して東洋の平和を支持することになるし、敗れれば、君民ともに困窮し、国民は目が覚める、藩閥政府を壊滅させ、内政を革新するチャンスである」と答えた。同じ三十三年の八月、旧自由党系の憲政会が伊藤博文と組んで立憲政友会を結成した。これに憤慨した兆民は、秋水に「自由党を祭るの文」を書くようにとの手紙を送った。国民同盟会は大陸進出を党是としたが、当初は、立憲政友会を孤立させ、倒すことを目的としていた。兆民はこの後の方の目的に共感したのであろうか。三十三年の九月二十三日の秋水宛ての手紙に「国民同盟会は将来あるいは面白いものになるかもしれません。お暇の折、近衛公爵に面会下さり、その人柄、その決心はどうか、見識はどうかを見ていただきたい。元の堂上門閥家を利用するのも、ときには良策かと思っています」と書いている。これに対して秋水は、国民同盟会は結局は、帝国主義の団体ではないかと質したのである。

また、この時代の外交政策は微妙であったともいえる。すなわち、弱肉強食の時代に西欧帝国主義者の後について、アジアのナショナリストとして、植民地を獲得して強国の仲間入りをするか、対外膨張策をやめて内政に専念するかであるが、後者の場合、果たして独立を守れるか、という疑問が論議されていた。日本の支配階級は、迷うことなく前者の途に邁進したのであった。

同年十月、「毎夕新聞」の主筆に招かれたが、対外膨張的な発想は影をひそめ、以前の兆民に戻っていた。同紙の論説「考えざるをえない」で、「政府とは何かを考えてみよう。われら人民こそ政府を養う主人であり、政府はわれらの用事をする雇人である。しかるに、われら人民がこれを考えなければ、彼、内閣政府は天皇陛下に隷属するということが念頭にあるだけなので、われら人民に債務（借金）があるのを忘れて、勝手に休み、勝手に引き伸ばし、われら人民の財布を略奪して平然としている」と書いている。

明治三十四年十月出版された最晩年の『一年有半』には「学術がいかに盛んであっても、権勢や名望がいかに盛んであっても、もし子供として、父を虐待し、夫として、妻を苦しめ、友を欺き、さまざまな不善を行えばどうだろう。いかに、わが国が強く、隣国がいかに弱かろうとも、わが国が理由なく軍隊を隣国に送れば、大義名分のないわが国はついに隣国に勝つことができない」とある。さらに「世の通人的学者や、政治家はいう、陳腐で聞くに堪えないと。そう、道理に合った言はみな陳腐なのだ。これは言うときは陳腐だが、行うことにおいては新奇である」と続く。この時代の先物買いの学者先生、政治家は、自由民権は時代遅れ、今は帝国主義の理論、という風潮であったことが分かる。

幸徳秋水は明治三十四年四月、処女作『二十世紀の怪物帝国主義』を警醒社から刊行したが、それを読んだ兆民の手紙の写しが残っている。「貴著帝国主義、ご恵贈下さり感謝申し上げます。病中退屈なので、早速拝読、読み終わりました。書中の議論は痛快で、病の身であることを忘れました。文章は力強く、練達、しかもゆったりと穏やかな趣があり、敬服いたしました。今日のいわゆる帝国主義は正に純粋な黷武《とくぶ》主義（道理に合わない戦争をして武徳を汚す）です。秦の始皇帝や漢の武帝の暴行も、科学に基ずいて行う暴力も、古今その惨禍は計り知れません。もし、そのとき、古のアリスチード、シンシナチュース、周武、殷湯、諸葛亮、曽国藩などのように真に不正の戦争をやめさせる目的で、アジア大陸に雄飛するならば、将来、世界平和の大義は期待できるかと存じます。このようなことはとうてい今日の政治家と論じても無駄です。嘆くべし、嘆くべし、まずは御礼まで、草々」

「殷湯」は殷の時代の王、悪逆無道な桀王を武力で滅ぼした。普通なら臣下が王を滅ぼすのは人の道に外れているとされるが、湯は圧倒的な人望と支持をあつめていたので、臣下が悪王を滅ぼすのは道理と考えられるようになり、ここから革命という考えが起こった。諸葛亮は、諸葛孔明。曽国藩は清朝末期の軍人、政治家、太平天国の乱を鎮圧した。太平天国は清朝の圧制に反対して蜂起した民衆の軍団だったが、キリスト教を信奉していたため、儒教を認めず、孔子廟を破壊したりしたので、漢民族の反感を買っていたといわれる。李鴻章などの政治家を育てた。

秋水はこの手紙について、「拙著についての賞讃のことばはもとより当っていないが、先生が晩年国民同盟会の一人になったのは、決してその武断侵略の主張を喜んだからではない」と評している。

明治三十四年（一九〇一）七月、「万朝報」社の記者を中心に理想団という団体が結成された。主なメンバーは、幸徳秋水、堺利彦、内村鑑三、天城安政、斯波貞吉、円城寺清、山縣五十雄、それに社長の黒岩涙香などで、団員は総勢五百人余に達した。目的として、身を正しくして、人に及ぼし、もってわが社会全体を理想に近からしむる、などとあった。政界の腐敗・堕落、社会民主主義的思想の台頭、日清戦争以後の急速な軍国主義の伸長と、積極的な大陸進出の機運、これらに対する期待と憂慮、疑惑、反対の風潮が背景にあった。

兆民が、この「理想団」に期待していたことは、『一年有半』の文章からも分かる。「政党が今のようであれば、宣言も、政綱も、ただ空言を羅列してあるに過ぎない。人民自ら己を恃まなければ、政治家を恃んでも無駄である。ここに理想団が必要なゆえんがある。たとえ、この理想が今行われなくても、理義の正しいものは、これを口にし、これを筆にすれば、他日これが実行されることを期することができる。自由、平等、博愛その他、各国に違いがあるとすれば、その境界を取り払い、干戈《かんか》をやめ（戦争を止め）、貨幣を共通にして、万国共通の通用門を設け、土地所有権、財産世襲権を廃止してもよいではないか。…後略」、そして「団員諸君、諸君の志を実現するには、政治を捨て、これを哲学に求めよ、哲学をもって政治を打破し、道徳をもって法律を圧倒するのだ」と書いている。

多くの研究者、作家、評論家は、兆民は明治三十四年（一九〇一）四月、旅行先の大阪で喉頭癌が発見され、余命一年半と告げられて目が覚め、本来の兆民に戻ったとしている。しかし、「毎夕新聞」に主筆として迎えられたときには、すでに帝国主義者と見られるような、言動は影をひそめていたとする人、国民同盟会に入会したのは、伊藤博文と旧自由党の立憲政友会打倒の単なる手段であったとする人、逆に、列強に互して、植民地を確保、大陸に雄飛するという豪傑君の発想はもともと兆民の中にあったとする人など、さまざまである。「哲学をもって政治を打破」などの言葉は空疎に響くだけだ、という人もいる。

だが、二十一世紀のわれわれが兆民から学ぶとすれば、その平和主義（干戈を止め）、人民主権、基本的人権（自由民権）でなければならないのではないだろうか。

十、秋水「自由党を祭る」の文を発表

明治三十年（一八九七）七月、職工義友会を母体に労働組合期成会が結成された。幹事には片山潜、澤田半之助、高野房太郎らがついた。しかし、明治三十二年（一八九九）あたりから、労資協調主義を唱え、社会主義者の参加を拒否する高野と、社会主義運動との一体化をはかろうとした片山との間に対立が生じ、亀裂は深まった。同年七月、日本キリスト教青年館で開かれた演説会で、社会政策学者の桑田熊蔵が、「労働者と資本家は対立するのではなく、協調すべきことは経済上の原則であるといってよい」と演説した。

これに対して、秋水は同年十月三・四日付けの「万朝報」に「労働問題と社会主義」と題する論説を書いて反論した。

「資本家はすべて残忍酷薄な人であると信ずる根拠はないのであるが、現在の自由競争は資本家を知らず知らずのうちに残忍酷薄な人格に変えているのである。自由競争は労働者を苦しめるだけでなく、資本家にもまた耐え難いのである。俗論者が、調和と親睦を説いても、両者は争い、競うしかないのである。一方は他方を圧迫し、他方はこれに抵抗するのである。・・・（中略）・・・単に、資本家と労働者が親睦関係を結んだとしても資本と労働の調和が成ったと思うのはとんでもない誤りである。資本家と労働者の永遠の親睦は不可能なのである。かの俗論者が今日のこの親睦をもって唯一の目的とするのは、実はわが労働者諸君をして永久に奴隷の境遇に甘んぜしめようとするものである。いたずらに資本家、雇い主の懐を肥やすだけなのである」

高野房太郎らを中心にする鉄工組合は、共済制度を作って急速に発展し、組合員数約五千四百人にまでになったが、労働環境が劣悪なこともあって病気になる者と死亡者が多く、間もなく赤字が激増して財政難に陥った。また活版工組合は資本家との了解の上、夜間勤務手当二割増を規約の中に入れ、全国的に組合員が増えた。しかし、雇用者側がこの約束を破棄、組合は自然消滅した。また、このころ政府内には工場法を制定するべきだという意見が出ていた。これを知った労働組合期成会は、陳情委員が関係者を訪ねたり、政府に請願書を提出したりし、また、工場法制定要求のデモを十一月三日の天長節の日に行う計画をしたが、警視庁から禁止された。工場法も原案だけで廃案になった。

翌明治三十三年（一九〇〇）三月十日、山縣有朋内閣は治安警察法を制定した。言論、表現、集会、結社の自由を厳しく制限した従来法を一層厳しくするとともに、労働者の団結権、ストライキ権をさらに制限したものであった。角川『日本史辞典』には「集会・集団行進・言論の禁止・解散権を警官が保持、十七条では団結権、同盟罷業の制限を規定した」とある。集会に臨席した警官が弁士中止と叫び一同を解散させる風景はこの法律によって始まった。その後、これらを一層徹底化した治安維持法が大正十四年（一九二五）に成立した。

秋水は同年二月十七、十八日付けの「万朝報」の「治安警察法案」と題する論説で、

「これは実に、資本家、地主を保護し、労働者、小作人を圧迫、虐待するものである。もとより、

暴行、誹謗、毀損、脅迫、誘惑、扇動などは罪悪であるが、労働者運動に機械的にあてはめるべきではない。労働者の組合組織は、工業が発達した国では労働者の権利を擁護し、地位を向上させるために必要欠くべからざるものであることは現在、万国の認めるところである。政府や識者はたとえ強制的に労働者を組合に加盟させる事例があっても、加盟そのものは奨励すべきであるし、組合の創設も支援すべきである。同盟罷工も古今東西の歴史を見ても決して他からの誘惑や扇動のために起こるのではなく、必ず資本家が、過酷、暴虐的に労働者を使用することによって起こるのである。彼らが資本家と争うにしても、学識なく、金なく、筆なく、舌なく、選挙権なく、まことに徒手空拳でその希望を達しようとする。ときには暴行、脅迫などの非行に陥ることもある。まことに憐れむべきである。しかも本案十八条は第一号で組合組織に干渉掣肘し、第二号以下では同盟罷工に対して峻厳な取り締まりをなそうとしている」と書いている。

この文を読んで気がつくのは、当時の労働者・民衆が集会やデモ行進などに参加した際、往々にして暴徒化することがあったことを示している。たとえば、時代は下るが、明治三十九年(一九〇六)三月十五日、東京市電運賃値上反対市民集会のとき、参加者の一部が投石によって、電車の窓ガラスを壊すなど暴徒化して、軍隊が出動する事態になった。西川光次郎、大杉栄、山口孤剣などがこの責任を問われて検挙された。こうした無知からくる暴行が、治安警察法制定の恰好の口実にされたのは間違いのないところであろう。秋水はさらに、

「昨年鉄鋼組合が創立一周年を祝うために、宴を上野で開いたところ、警察はこの宴会を集

会政治結社法違反であるとして、解散させた。将来このような乱暴なやりかたで労働者の運動に十八条を濫用すれば善良な労働組合は根底から排除され、労働者の運命はさらに悲惨の境に沈み、その結果の危険は測り知れない」と書いている。しかしこの法案はほとんど反対討論もなくあっさりと議会を通過した。

二十一世紀の現在、与党は、衆参両院での圧倒的多数を背景に、民主主義を根底から形骸化するといわれる「特定秘密保護法案」を通そうとしている。明治のころと生活は変わったが、政治の構図は変わっていないと思わざるをえない。

明治三十三年(一九〇〇)三月十一日、秋水は、母多治子と故郷中村に帰省した。東京から神戸までは東海道線に乗り、神戸からは汽船で高松、高浜、宇和島を経て宿毛港着、それからは人力車で中村に着いた。母多治子の還暦の祝いのためであった。秋水は十年ぶりの帰郷であり、多治子にとっても大勢の縁者に取り囲まれて人生最良の日であっただろう。ここで、数週間を過ごしたとみられる。秋水が「修身要領を読む」を発表したのが同年の三月六日、七日号で、次は四月二日号の「この政局を如何」で四週間近い間隔があるからである。

八月二十六日、中江兆民から一通の手紙が届いた。

「新政党は立憲主義を捨て、自由を捨てたことは申すまでもありませんが、つきましては『自由党を祭る文』と題して大兄の名筆をふるわれたく、自由党の歴史をみるに、いくたの人士がその生命を失い、財産をなくしたのですが、今日になってみれば、二、三の首領が総理の椅子などを得る踏み段になったに過ぎません。いわゆる『自由党を祭る文』は好一篇の悲壮文字たるに足る内容と存じ、是非、ご一筆お願いいたします。小生、新政党の将来に関し、知りえたこともあり、そのうち、常野鉄道から電話でお話ししたいと思います」

新政党とは既述のように伊藤博文と旧自由党員が合同してつくった立憲政友会である。もとより、秋水自身も同じ気持ちであった。「万朝報」同年八月三十一日号に掲載された『自由党を祭る文』は天下の名文として広く喧伝された。冒頭の部分を原文のまま引用する。「祭る文」とは弔辞の意味である。

「歳は庚子《かのえね》にあり。八月某夜、金風淅瀝《せきれき》として、露白く、天高きのとき、一星忽焉《こつえん》としておちて声あり。ああ、自由党死す。しかして、その光栄ある歴史は、まったく抹殺されぬ。ああ、なんじ自由党のこと、吾人これをいうにしのびんや、思うに二十余年前、専制抑圧の惨毒滔々四海に横流し、維新中興の宏謨《こうぼ》は、まさに大頓挫をきたすのときにあたって、祖宗在天の霊は赫としてなんじ自由党を大地にくだして、その呱々の声をあげ、その円円の光をはなたしめたりき。しかして、なんじの父母は、実にわが乾坤に磅礴《ほうはく》せる自由平等の正気なりき。実に世界を振蕩《しんとう》せる文明進歩の大潮流なりき。」

「宏謨」は、おおいなるはかりごと、ここでは壮大な計画の意味。「磅礴」は、生気が充ち溢れること、「振蕩」は、ふるい動く。「なんじの父母」以下は「なんじ自由党の父母は、実にわが天地に生き生きとみなぎる自由平等の生気であり、世界をふるい動かす文明進歩の大潮流であった」の意味。

以下は現代風になおす。

「なんじ自由党が結成されるや、政府の圧迫ははなはだしく、迫害は急であった。言論は制限され、集会は禁止され、請願は受け入れられなかった。そうして、捕縛、追放、牢獄、絞首台と続き、幾万の財産を使いつくし、幾百の生命を損傷して悔いるところがなかった。これは、なんじがその理想と信仰を追求するためではなかったのか。なんじ自由党はこのようにして堂々とした一人前になった。幾多の志士と仁人の熱涙と鮮血は自由党の糧食であり、殿堂であり、歴史であった。ああ、田母野や、村松、馬場や、赤井、その熱涙、鮮血をそそいだ彼らは自由党の前途の光栄は洋々たるものと信じ、従容として笑みをうかべ死についた。当時、一体誰が思っただろう、彼らの死が自由党の死になるとは。自由党死してすなわち自由が死せんとは。彼らの熱涙、鮮血が後に彼らの仇敵の専制主義者の唯一の装飾になるとは」

自由党過激派と呼ばれた田母野秀顕、村松愛蔵、赤井景韶は絞首台の露と消えた。その他外国で客死した者も多かった。馬場辰猪は明治二十一年（一八八八）アメリカ・フィラデルフィアで肺結核のため客死した。

「さらに思い出すのである。私は少年時代林有造君の家に寓居していた。一夜寒風凛冽の夕べ、薩長政府は突然林君らと私を捉えて、東京三里外に追放した。当時の諸君の髪形、指の状はいまだに忘れがたい。しかし、今諸君は退去令を出した伊藤博文総理、山縣有朋内相の忠実なる政友として、なんじ自身であった自由党の死を見ること路傍の人のようである。だが、私ひとりはなお「万朝報」の孤塁によって自由平等、文明進歩のために奮闘しつつある。なんじ自由党の死を弔し，霊を祭るにあたって、私は過去を追慕し、今を愛惜するほかないのである」

名文としての評価は日に日に高まったが、政治的な実効力を持つことはなかった。同年九月十五日立憲政友会は発会式をあげた。

前々年、明治三十一年（一八九八）頃、中国山東省に秘密結社義和団が結成された。日清戦争後、列強による中国分割競争が激化した。外国資本による鉄道建設、外国製品の流入により農民は土地、副業を失い流民化し、都市の手工業者、交通労働者なども失業した。山東省ではドイツの進出が著しく義和団は急足に成長、主に貧農層に浸透した。一九〇〇年に入ると河北省にも拡大、手工業者、交通，鉱山労働者、流民などの支持も受けて「扶清滅洋」（清を助け西洋を滅する）のスローガンを掲げて、帝国主義に反対する運動を展開した。五月になると鉄道、駅舎を破壊、焼き討ちをするようになり、さらに北京，天津にも進出し、両都市間を制圧し、キリスト教会、教徒の住宅，店舗を焼き払い、乱は中国東北部から華北一帯に広がる勢いを見せた。在留外国人は中国人キリスト教徒と共に北京の各国大公使館に避難し戦ったが、義和団はその区域全体を包囲し攻撃した。六月北京在留外国人救援の名目で、列強は軍隊を派遣した。イギリス、アメリカ、ドイツ、フランス、ロシア、イタリア、オーストリヤ、日本であったが、地理的条件から日本軍がその主力を担うことになった。この間、日本公使館書記官とドイツ公使が殺害された。一方、清国政府は義和団を国権回復に利用しようとして、八か国に宣戦布告した。日本は七月総計二万二千人の列強中最大の軍隊を派遣し、暴虐な鎮圧作戦を行った。

日本のマスコミの大半は共同出兵を支持したが、ひとり「万朝報」の幸徳秋水だけは出兵に反対する論説「非戦争主義」を同年（一九〇〇）の八月七日号に発表した。

「軍備と戦争の惨禍はアジアの天地を浸している。今こそ平和主義者，非戦争主義者のまさに出番ではないだろうか。かれら平和論者、非戦争主義者は多数の兵士の苦境を説かないのだろうか。炎暑の中、一杯の水をも十分に飲めず、雨霰と飛び来る弾丸の下を走る。餓鬼道、焦熱地獄、刀剣の山の中で、ただ望郷の念にかられただけの幽鬼となって横たわる。しかし、世人はその兵の姓名を幾日記憶しているだろうか。一体かれらは何の罪を犯したというのだろうか。平和論者は何故軍人遺族の悲惨を説かないのだろうか。父を思う子、夫を慕う妻、すでに生別の悲しみを経て、さらに死別の恨みをそえる。かれらは国家のため、名誉のためほしいままに泣くことさえも許されない。最後は一家零落し、兄弟姉妹離散してかえり見る人もいなくなる。これは一体何の罪なのか」

秋水は、次に中国の被災民に筆を伸ばす。

「平和論者は、何故戦地人民の不幸を説かないのだろうか。愛すべきかれら人民は、突如としてやってきた悪魔のために家を焼かれ、財を奪われ、妻子は姦淫され、そしてその身は草を刈るように殺された。かつて薩長に脅かされた江戸の人々や、奥羽の古老は知っているだろう。人間の生命財産はほとんど一匹のカゲロウにも値しないことを。さらに平和論者は、何故一般社会の損害を説かないのだろうか。貿易は停止し、生産業は衰え、金融はひっ迫し、貧民は増加し、これに加えて苛酷な税金を負担させられる」

中国に送られた日本軍の暴虐ぶりは、新聞社の情報網を通して秋水の耳に入っていたのかもしれない。ただし、日本軍は各国軍の暴虐ぶりに比べると規律は比較的厳格であったとする説もあるが、変わりなかったとする反論もある。フランス、ドイツ、イギリスなどが多くの文化財を持ち去ったさまざまな記録が残っている。

しかも、前年（一八九九）五月、ロシア皇帝が提唱した万国平和会議がオランダのハーグで開かれたとき、世界の平和論者・非戦争主義者は涙を流して喜んだ。今この戦争の惨害を聞いて、大いに平生の主張を叫ぶ絶好のチャンスであるのに、寂として声がないのは何故であろうか。世人は戦争に酔い、戦争に熱狂し、国権の二字に随喜し、名誉の二字に幻惑させられている。このとき、ひとり平和を説き、戦争反対を唱えると、ぼんやりで世事を知らない、臆病者、愛国心がかけている、忠義の心がない、大逆無道のやからだといわれ、ののしられ、責められる。それが恐ろしくて所信を曲げ、主義を捨てて、流俗に媚びている。そういう意気地のないやからは笑うしかないのだ。

この少し後になるとこのような文は全て発売禁止になった。治安警察法は成立したがまだ適用されなかったのかもしれない。なお義和団事変は北清事変ともよばれる。いずれにしても死者数万人をだした激しい戦争であった。

八月十一日、連合軍は北京に入城し、清国の西太后と光緒帝は西安に移った。講和が成立したのは翌一九〇一年九月七日であった。関係者を死刑を含む厳罰に処す、四億五千万両の賠償金、反キリスト教運動をしたものを死罪とする、交通の要地への外国軍の駐兵権と軍事施設権を認める、など苛酷なものであった。各国は講和成立後は軍隊を逐次撤収させたが、ロシアは東北部に軍隊を集結させたままであり、これが日露戦争の遠因になった。また、貨幣制度や度量衡制度が改定され、外国資本が一層容易に流入するようになり、半植民地化はさらに進んだ。

十一、秋水『二十世紀の怪物帝国主義』を出版する

明治三十四年（一九〇一）四月九日、秋水は「我は社会主義者なり」と題する論説を「万朝報」に発表した。

現在の労働問題に携わる人々のうちある者は、資本家と労働者の調和を図るべきといい、ある者は労働者を助けて資本家を倒すべきという。しかし、誰も現在の経済組織の改造に言及する者はいない。彼らが運動すればするほど両者の争いは激しくなる一方である。これは資本家の罪でもなければ労働者の罪でもない。近世の社会主義はこのような制度組織を改造するために出来たものである。その目的は生存の競争を廃止して、天下の人を皆労働者として、かつ天下の人をことごとく資本家とするにある。これはまことに道理であるのに、労働運動の運動家，識者が皆、この社会主義を憎悪、攻撃するのは何故であろうか。ある者は富豪に媚びるために社会主義が忌まわしい恐るべきものといい、またある者は富豪を脅かすがために社会主義が厭うべき、憎むべきものであるという。社会主義が何たるかを知らない者は仕方ないとしても、その実を知っている者にして社会主義を攻撃するのは、その心、陋劣、陰険という他ない。大略このように述

『廿世紀の怪物　帝国主義』
明治34年刊

べた後、「天下大衆に向かって堂々と、『我は社会主義者なり、社会党なり』と宣言する真摯さと熱誠と勇気のある人でなければ労働問題の前途を託すことができない」と結論している。この結論であるが、文字通りに受け取る人と、秋水自身の真情の吐露でもあると取る人がいるが、ここではこの問題には立ち入らないことにする。

さて、前にもちょっと触れたが、同年同月、つまり四月の二十日に秋水は、銀座の警醒社書店から『二十世紀の怪物帝国主義』を処女出版した。イギリスのホブソンの『帝国主義』よりも一年早く、ロシアのレーニンの『帝国主義』よりも十五年も早い出版であった。「万朝報」の論説執筆の合間を縫って調べ、兆民がその頃主筆をしていた「千代田毎夕」新聞に連載などしていた文を整理、統一したものであった。同僚の内村鑑三が序文を寄せている。

「朝《あした》に一人の哲学者がいて宇宙の調和を説くべきときなのに哲学者はいない。代わりに陸には十三個師団兵がいて、剣戟の音盛んである。野には一人の詩人がいて民の憂愁を癒すときなのに詩人はいない。しかし、海には二十六万トンの戦艦があって洋上平穏なのにあえて荒波をたてる。家庭の紊乱はその極に達し、父子は相恨み、兄弟は信頼せず、姑と嫁はお互いに侮っている。このようなとき、外国に対しては東海の桜国、世界の君子国であると誇っている。帝国主義とはこのようなものである。

友人幸徳秋水君の『帝国主義』が出版されることになった。秋水君は少壮の身にして、すでに今日の文壇に一旗を掲げていることは多くの人が知っている。君はキリスト教徒ではないが、世のいわゆる愛国心を憎むことはなはだしく、自由国（欧米諸国）に留学したことはないが、真面目な社会主義者である。私は君のような友を持っていることを誇りとし、ここにこの独創的著述を紹介する栄誉を得たことを感謝する」

この書を紹介したいのだが、四百字詰約百七十枚の文語体で書かれた理論書で、筆者は到底その任に耐えないのだが、その一部を何とか伝えてみようと思う。というのは世にレーニンの『帝国主義』を読んだ人は多いだろうが、秋水のこの書を読んだ人は少ないと思うし、また秋水独自の興味深い視点があると考えるからである。なお、二〇〇四年に明治大学の山泉進校注の新版が岩波文庫から出たので入手は容易になった。同書には「英訳版はベンジャミン・D・ミドルトン氏によって草稿が完成されているし、また、仏訳版もクリスティン・レヴィ氏により進行中である」との紹介がある。

まず、「緒言、第一章」で、「今や帝国主義は世界中に燎原の火のように広がり、世界は皆その膝下にひざまずき、賛美し、崇拝し、奉っている。しかし、それがもたらすものは浄土か、地獄か、進歩か、腐敗か、福利か、災難か、天使か、悪魔か」と書いている。（筆者注、この時代帝国主義そのものはもちろん、それを支持する論調も世界を席捲していたことが分かる。）第二章では、愛国心を分析している。「わが国の版図（支配権が及ぶ地域）を広げよ、大帝国を建設せよ、わが国威を発揚せよ、わが国旗を光栄あらしめよ、の声は世界に充ちている。イギリスは南アフリカを討ち、アメリカはフィリッピンを植民地とし、ドイツは中国の膠州を取り、ロシアは中国の満州を奪い、フランスはアフリカのファッショダを征服し、イタリヤはエチオピアと戦っている。これらが帝国主義の行いであるが、帝国主義は愛国心を縦糸とし、軍国主義を横糸にして織り上げた政策である。

幼児が井戸に落ちそうになるのを見れば、誰もその子が自分の子であるか、他人の子であるかに関係なく救おうとするであろう。しかし、今、フィリッピンのために祈るアメリカ人がいたとすると、彼は愛国の心なしと罵られることになる。他国を愛さず、ただ自国だけを愛する者は、自己の利益だけを愛する者である。

また、故郷を愛する心も似ている。人は他郷に出て、郷土を懐かしむことが多い。他国の風は冷たく、食物も口に合わず、親しい人もなかなかできない、人情の冷酷を覚えるとき故郷を思うのである。逆に他郷で成功した人はどうか。彼らは故郷の父母兄弟姉妹、知人にその得意を披露する。郷里に大学を誘致したい、鉄道を敷きたいは、道理があるとしても、わが郷里から大臣を出したい、は他郷より優越したいということである。

自分の家を愛し、他人を憎み、他郷の人を憎み、神の国や中心の国を愛し、洋人や夷狄を憎み、愛すべき者のために憎むべき者を討つ、これを愛国心というのである。この愛国心は常に専制政治家が自己の名誉と野心を達するための手段に使われるのである。また、それは、人の口をふさぎ、干渉し、思想を束縛し、信仰にも干渉し、歴史の論評も禁じ、聖書の研究をも妨げ、あらゆる科学の進歩を阻害する。しかも愛国心はこれらをもって栄誉とし、功名とするのである。

イギリスは近代において、自由と博愛と平和の国とされているが、ナポレオン戦争のときはどうか。国中が、フランスと革命に対する憎悪で燃えていた。革命はフランス人の理想の実現である、とでも発言しようものなら、袋叩きにあった。そして戦争中、ヨーロッパ諸国がイギリスに発注していた工業製品は、戦争が終わると需要がなくなり、イギリスは一転して不況に陥った。現れたのは下層大多数の人民の窮乏であった。このとき、富豪、資本家は何をしていたか。同朋の飢餓を見殺しにしたではないか。彼らが貧民を憎悪すること、フランス革命とナポレオンを憎悪するのに劣らなかったではないか。敵国を憎む心は、ただちに自国民を憎む心につながる」。

この後、「ビスマルク率いるプロシャがドイツを統一したのはただプロシャ自身の権勢と栄光のためであった」と断じ、「武力による名声を得るためには、敵がなくてはならない。そしてプロシャすなわち統一ドイツは、フランスと戦争し、勝利した」と書く。「プロシャが統一に成功したのはただ敵国に対する憎悪の心であり、戦勝の虚栄に酔っていたからである。しかもドイツ人の多くは、われわれは天の恩寵を受けた国民である。世界に、われらに及ぶ国民があるであろうか、と誇る。世界各国民の多数もまた、偉大なるかな、国を統べるものこのようであるべきではないかと賞賛する。日本の大勲位侯爵もまた随喜して、われもまた東洋のビスマルクとなりたいものだと発言した」。大勲位侯爵とは、山縣有朋である。

「日本人の愛国心は征清の役の際いかんなく発揮された。彼らが、清人を侮辱し嫉妬し憎悪したことは形容することばがない。白髪の老人、老女から嬰児に至るまで清国の民を殺し、殲滅して後休心するといったふうであった。彼らはただ敵人を多く殺したことを快とし、敵の財を奪い、敵の地をどれだけ多く獲得したかを誇った」。征清の役とは日清戦争のことであろう。

ここで一転して日本の天皇が出てくる。「日本の皇帝はドイツの年若い皇帝と違って、戦争と圧制を好まず、平和と自由を重んじ、一国のために野蛮な虚栄を喜ぶことはなく、世界のために文明の福利を願っておられる。今の愛国主義者や、帝国主義者とは違っておられる。しかし、日本国民は、所謂愛国主義者でないものは稀である」と続く。天皇を平和主義者とし、愛国主義は大御心に背くという論理であろう。

「五百金、千金を軍部に寄付した富豪は、兵士に砂や小石が入った缶詰を配っているし、死を覚悟した軍人は商人から賄賂を受け取っている。これが一体大御心にかなうことなのか。文明世界の正義、人道は決して愛国心の跋扈を許さないであろう。しかし、いまや、この愛国心は軍国主義となり、帝国主義となって、全世界に広がっている」

次は第三章、軍国主義を論ず、である。

「軍備拡張を促進する要因は、外患、や内乱を防ぐためだけではない。一種の熱狂である。甲国民はいう、われらは平和を願うが、乙国民は侵略の野望を持っている。乙国民もいう。われらは平和を望んでいるが、甲国民が侵略の野望を持っている。世界各国はみなこのような言を弄している。

アメリカの海軍軍人にして戦略家であったアルフレッド・セイヤー・マハン（1840～1914）はいう。権力が衰え、綱紀が緩んでいるとき、年若い国民が軍隊という学校に入って、秩序と服従と尊敬とを学習し、身体を組織的に発達させ、克己心や勇気や人格を形成することは重要である。年少の国民がその郷里を出て、知識ある先輩に混じって、その精神を結合し、その動作を共同にすることを教えられ、憲章や法律によっている権力を尊敬する心をもって、郷里に帰ることは意義あることである。軍人的訓練は後年市民生活を送る際にも役立つのである。このようにして各国民が相互にその武力を尊敬すれば、平和はますます確保され、戦争はその数を減じるのである。百年前までは戦争は慢性病であったが、今日では起こることは稀な、急性の発作のようなものである。もちろん急性の発作である戦争への用意は必要で、これは善美のことなのである。こういった善美の心はかつてよりも旺盛で、それは兵士が一君主の奴隷ではなく、国民すなわち兵士であるからである」。

これに対する秋水の反論を見よう。

「百年前までは戦争は慢性病のように絶えず行われていた。今日は国民皆兵となり戦争は減少した。たまたま戦争があっても急性の病のごときものである。従って今日は健康の時代である。健康の時代でも急性の発作に対する準備は必要である。マハンのこの論理からすると戦争という慢性病にかかった時代は秩序があり、綱紀がしっかりした時代であった。健康の時代は綱紀が緩み、宗教の力もなくなった時代ということになる。奇妙な論理である。

一八八〇年から、匹敵する強国間の戦争が後を絶ったのは、両国民が相互に相手を尊敬しているのではなく、戦争の結果の恐ろしさを知り、その愚かなことを悟ったからである。ドイツとフランスは戦争をすれば共倒れになることが分かったからだし、ロシアは一等国と戦うと破産と零落が待っていることを知ったからである。それ故に見よ、彼らはその武力を弱小のアジア、アフリカに使い、また使おうとしているではないか。軍人的訓練は彼らの虚栄心、好戦心、野獣の心を盛んにするだけなのだ。北清事変でのロシア軍の暴虐を見よ。北京郊外の通州の一地方だけで、ロシア軍に脅かされて水死した婦女七百余人という。その凄惨は無論のことであるが、軍人的教練と戦争の準備がよく人格を高くし、道義心を養成するのならば、十三、四世紀以来戦闘に生まれ、戦闘に死んできたコサックは人格高く、道義心に燃えているはずであるが、事実はこれと正反対であった。

わが国の軍人はどうか、山縣侯爵、樺山伯爵、高島子爵などは、選挙干渉、議員買収の前例をつくり、わが社会と人心を腐敗堕落させたではないか」。

閑話休題、マハンのいうところは所謂、力の均衡、バランス・オブ・パワーによる平和の維持である。自衛隊を国防軍にし、集団的自衛権を容認することによって、世界中に武力を展開できるようにする、というのは、力の均衡論の蒸し返しであろう。

第三章では、さまざまの例があげられているが、おおむねこういった論理に貫かれている。資本主義の下では、国外市場と植民地の獲得が戦争の原因とされ、世界の分割が済んだ後では再分割が更なる戦争の主要な原因とされる。この時点では世界の分割はほぼ終わり、イギリスは日が沈むことがない大英帝国になっていた。この十数年後に起こった第一次世界大戦は世界の再分割がその重要な原因の一つであったし、第二次世界大戦はいろいろな性格を持つが、世界の再々分割がその一つの要因であったことは確かである。たとえば、遅れてきた帝国主義国の日本は、台湾、南サハリンを得、朝鮮国を属国とした上、昭和六年（一九三一）には中国東北部（満州）を植民地とし、さらに中国本土にも攻め込んだ。これに欧米諸国が異を唱え、石油などの資源が日本に入らないようにしたので、日本は東南アジアの資源を確保するために軍隊を送り、これが太平洋戦争の引き金になった。

第四章は「帝国主義を論ず」である。

「帝国主義」の語源はラテン語の imperium で、直接には英語の imperialism などの訳語である。膨張する古代ローマ帝国の皇帝とか、国家を意味することばだったというが帝国の政策も指したらしい。

先ず、「帝国主義とは大帝国の建設を意味し、領土版図の拡張を目的とする」、とある。「帝国主義者は、昔の大帝国建設は帝王政治家の功名利欲のためであったが、今は違う。国民の膨張が続き、領土版図の拡大はどうしても必要なのである、という。はたしてそうか」ここで「膨張」ということばが使われているが、どこにも解説らしいものはないので、何を意味するのか明確ではないが、次を読めば単に国民の人口増加だけを指しているのではないことが分かる。「少数の軍人、政治家、資本家は、国民多数の生産を妨害し、その財貨を消費し、その生命さえ奪って、大帝国を建設しつつある。自国民の進歩福利を犠牲にし、貧弱なアジア人、アフリカ人、フィリッピン人を脅かし、虐げている。これを国民の膨張といっている」、とある。人口増加以外の膨張は支配階級が行っているというのだ。

現在の南アフリカ共和国には、十七世紀頃から、オランダ人が入植し、その子孫が住んでいた。

子孫をボーア人といった。オランダ語で農民という意味という。ところが、最南端のケープをイギリスが占領し、オランダ政府も同国南部をイギリスに譲ったので、ボーア人は北部へ移動し、トランスヴァール共和国とオレンジ共和国を建国した。十九世紀後半にはトランスヴァール共和国では金鉱が、オレンジ共和国ではダイヤモンド鉱が発見され、多くのイギリス人が両国に入り込んだ。これに対して両共和国はイギリス人に市民権を認めなかった。これで勃発したのが、第一次と第二次ボーア戦争（一八九九〜一九〇二）で、共和国側が勝利したこともあったが、最終的にはイギリスが勝ち、南アフリカ全土はイギリス領になった。これについて秋水は書く。「イギリスがトランスヴァールを征服し、ボーア人の独立を奪い、自由を奪い、金鉱を奪い、イギリス国旗の下にアフリカを統一し、鉄道を縦貫させたのは少数の資本家、工業者，投機師の利益を満足させるためであった。このような無用な目的のために、いかに恐るべき犠牲を生みつつあるかを見よう。一八九九年十月トランスヴァール戦争開始から、今に至るまで五百日、イギリス兵の死者はすでに一万三千人、負傷者はさらに多い。不具者となって帰る者三万人、原住民の死者はその数を知らずという。また、二十万の兵士を二千里の先に送るため、一日の費用二百万円という。イギリスはすでに十億円をこの戦争に使っている。そしてこの間、金鉱採掘は停止されたので、二億円の産出減という。イギリス人のために虜囚となり、セントへレナに移された原住民は六千人、セイロン島に流された者二千四百人、さらに一万二千人がインドに送られようとしている。このようであるので、トランスヴァール共和国とオレンジ共和国の壮年男子はほとんどいなくなり、田園は荒れ果て、兵馬が行くところ青草なしと聞く」

この後、軍国主義国ドイツとアメリカ帝国主義に言及し、アメリカがフィリッピンを植民地とし、その自由を奪っているのを批判する。

次に、イギリスとドイツは、領土拡張を必要とするのは、人口増加と貧民の増加であると主張しているが果たしてそうだろうか、と書く。「鳥や獣や魚は自然のものを食べているから、個体数が増えすぎれば食べる物が少なくなるが、人間は農業によって食物を生産している。そして生産力は技術の改良によってかつての幾百倍にも増大している。その富の大部分を取っているのが、両国である。すなわち富は十分にある。にもかかわらず、貧民が増大しているのは、資本家や地主が法外の利益を得、土地を独り占めにしているからである。分配の不公正が原因である」

「移民は人口増加の唯一の救済策なのだろうか。イギリスはすでに日没のときなし、といわれているが、一八五三年から一八九七年の間に、海外に移住したイギリス人とアイルランド人は約八百五十万人で、そのうちイギリスの植民地に移ったのは約二百万人であった。他の五百五十万人の大部分はアメリカ合衆国に向かったのである。一八九五年のイギリスの移民統計によると、アメリカ合衆国へ十九万五千余人、オーストラリアへ一万八百余人、カナダへ二万二千三百余人であった。ドイツ人は一八九三年から一八九七年の間の海外移住者は約二十二万四千人、うち約十九万五千人はアメリカ合衆国に向かった。スイス、オランダ、スカンジナヴィア諸国も大体同じ傾向である。ところでアメリカ合衆国もまた領土の拡張をしているが、移民の必要からでないことは明らかである。領土は広大、資源は豊かで、まさに多くの川が集まって海に注ぐように人々が目的とする地なのである。

故に、帝国主義という名の領土拡張策が真に移民の必要からきていると考えるのは全くの誤りである。もし、移民を領土拡張策の口実に使っているとすれば、甚だしく己を欺き、人を欺いているのである」

次に、市場拡大問題に移る。「帝国主義者はいう。イギリス商品の市場はイギリス国旗の下に、ドイツ商品の市場はドイツの国旗の下になければならないと。何故、新市場の開拓が必要なのかと問えば、資本と生産の過剰に苦しむからであると。しかし、下層人民は常に衣食が足りなくて泣いているのが実情である。生産の過剰は需要がないからでなく、多数の人民が物を買うことが出来ないからである。それ故、欧米諸国は未開の人民を圧迫して、無理に商品を買わせるより、自国の多数の人民の購買力を高めるようにするべきである。資本家が法外の利益を独り占めするのを禁じて、労働に対する利益の分配を公平にするべきである。分配の公平を実現するには今の自由競争制度を抜本的に改め、社会主義的制度を確立することである」

この後、彼ら欧米の政治家や、資本家が、社会主義的政策を取ることなく、ひたすら莫大な資本を投入して海外領土を拡張し、利益を得るために狂奔すれば、分配はますます不公平になり、貿易の額が増大すれば、国民多数の貧困はますます増加する、新市場開拓の余地が乏しくなれば、他国の市場を武力をもって奪おうとする、と続く。

また「イギリスの帝国主義者は、植民地全体の強い統一結合が必要であるという。植民地を含め自国の防備が心配だからとの理由である。しかし、防備が完全でないとすると、それは領土が広大すぎるからである。植民地の人民は、母国で貧窮していたり、自由を制限されていたためあえて異郷の地に移民したのである。そうして今やそれぞれの地で幸福になっている。何故に大帝国統一のためとの名目にせよ母国から干渉を受け、莫大な軍事費を負担し、兵役の義務を負わなければならないのか。仮に自国の防備が必要だとしても、イギリスが武威を盛んにしたのは小国であったときである。一五八八年小国イギリスはスペインの無敵艦隊を撃破し、スペイン大帝国を没落に導いた。ルイ十四世治下のフランス（一六四三～一七一五）は、名誉革命によりイギリス王の地位を追われたジェームズ二世を支援して、イギリスに対して戦端を開いたが、イギリスはフランスを破った。さらに一七〇一年のスペイン継承戦争においてもイギリス軍はフランス軍に大勝した。このときもイギリスはまだ小国だった。防備が完全でないのが心配ならば、どうして各植民地の独立を許さないのだろうか。そうすれば彼らは枕を高くして眠れるし、各植民地の民も自由の福利を得て喜ぶであろう。しかし、イギリスの繁栄膨張は武力によるものではなく、豊富な鉄と石炭によるものである。しかし、この間彼らはその野獣的天性によって収奪を欲しいままにしたことがあった。その結果、アメリカ合衆国の離脱を招いた。これにこりてその後は各植民地の自治を認めてきた。（独立ではなく自治を認めたのである）その結果イギリス連合は現在繁栄しているのである。だが、イギリスが再び帝国主義的な擧に出るならば、繁栄も終わりを告げることであろう。

軍人、政治家、投機師が軍国主義、帝国主義を唱道するならばともかく、国民の教育に無限の責任がある文人、詩人が武力による膨張政策を唱道するのは痛恨の極みである。それは小説家、詩人で「ジャングルブック」を書いたキップリング、詩人、評論家、劇作家のヘンリーである。彼らは例えば南アフリカで、金融業やダイヤモンド業を独占し、ケープ植民地の首相になり、さらに中央アフリカを征服し、ローデシア植民地を建国し、トランスヴァール共和国へ侵攻したセシル・ローズを讃え、陸軍軍人でスーダンを征服して総統になり、ボーア戦争では反乱を鎮圧したキッチエネルの功績を誇っている。もし、南アフリカが平定されれば、ローズはさらに何処に他の南アフリカを求めるのだろうか、キッチェネルは他のスーダンを何処に求めるのであろうか。討伐すべき蛮人がいなくなれば彼らの栄光も失われるのである」

「大帝国の建設は必要なのではなく、建設は欲望なのである。福利ではなく災害である。国民的膨張ではなく、少数者の功名心と野心の膨張なのである。貿易ではなく投機であり、生産ではなく強奪なのである。文明を広げることではなく、他の文明を壊滅させることである。

移民のためというが、移民には領土の拡張は必要ない。貿易も同様である。領土の拡張を必要とするのは軍人、政治家の虚栄心であり、金鉱や鉄道からあがる利益を求める投機師や、軍需を供給する御用商人である。国民が栄え、幸せであるのは領土が広大であるからではなく、道徳が高いことであり、武力が強いことではなく、理想が高いことである。軍艦、兵士が多いことではなく、衣食の生産が十分であることである。イギリスの繁栄と幸福は、大インド帝国を所有しているからではなく、むしろ一人のシェイクスピアを持っているからという、カーライルの言は至言である。フランスのモリエールはかつて、ビスマルクは、ドイツを大きくしたが、ドイツ人を小さくしたといった。領土の偉大は、多くの場合、国民の偉大と反比例するのである。

今や、わが日本もこの主義に熱狂している。十三師団の陸軍、三十万トンに海軍は拡張され、台湾の領土が増やされた。北清の事変には軍隊が派遣された。国威と国光は上がり、軍人の胸には幾多の勲章がぶらさがった。議会はこれを賛美し、文士や詩人はこれを謳歌した。しかし、これは、わが国民をいくらかでも大きくしたであろうか。いくばくかの福利をわが社会に与えただろうか。八千万円の国家予算は数年で、三倍になり、台湾の経営には一億六千万円の金をつぎ込んでいる。日清戦争で得た賠償金二億テールは夢のように消えてしまった。財政は窮迫し、輸入は超過し、政府は増税に次ぐ増税でこの困難を乗り切ろうとしている。市場は混乱、風俗は頽廃、そして社会改革の説は嘲り笑われ、教育を普及せよとの意見は冷笑されるだけである」

以下長くなるから止めるが、最後は第五章、「結論」である。「結論」は、この当時のアメリカの有力紙「ニューヨークワールド」は、帝国主義は恐るべきものであり、欧州列強が過大な軍隊を持てば、必然的にアジア、アフリカの侵略に向かうであろう、という識者の意見を紹介している。更に、著者は、帝国主義はペストのようなものであり、今や、このペストは世界的に蔓延して、二十世紀の文明を破壊しようとしているという。では、どうすればいいのか、陸海軍人の国家を変じて、農工商人の国家にし、貴族専制国家を平民自治の国家に変え、資本家横暴の社会を労働者共有の社会にすることである。正義博愛の精神は偏狭な愛国心を圧倒し、科学的社会主義は、野蛮な軍国主義を滅ぼすであろう、と結論している。

大正六年（一九一七）年に出版されたレーニンの『資本主義の最高段階としての帝国主義』は、帝国主義の定義として次の五つをあげている。１）生産と資本との集積が、経済生活で決定的な役割を演ずる独占を作り出すほど高い発展段階に達したこと。２）銀行資本と産業資本が融合した、「金融資本」を基礎として金融寡頭制がつくりだされたこと。３）商品の輸出とはことなる資本の輸出が特に重要な意義を獲得していること。４）世界を分割する資本家の国際的独占団体が形成されつつあること。５）最大の資本主義列強による地球の領土的分割が完了していること。

１）は産業資本が蓄積し、銀行資本と融合し、カルテル、トラスト、シンジケート、コンツェルンといった独占体を形成する。一般的な自由競争を排除し、市場の支配を目的とする。現在の多国籍企業は国際的な独占体である。２）は１）の継続であり、金融資本は産業資本を飲みこむようになるが、その際、支配力を持つのは金融資本家で、資本主義国の経済と政治を実質的に握る。大銀行、大会社、政府などが互いに重要な役職に人を送りこみ多くの企業を支配する。３）の資本輸出は、対外投資ともいい、資本の蓄積が大規模になると、過剰資本が発生する。この過剰資本は地価が安く、資本が小さく、賃金が低く、原料が安い国に好んで輸出される。現地に支店や子会社を設立したり、現地の企業と合弁会社をつくったり、その国の企業を吸収合併したりする。一般的にいえば、資本輸出国は資本輸入国を、経済的、政治的に従属させる。政府援助は国家資本の輸出だが、民間の資本輸出とは統計上は区別されている。４）は、たとえばトヨタ自動車は何々国の何々自動車を合併といったことを考えれば十分であろう。５）は、秋水の「帝国主義」で述べたことである。

帝国主義のもう一つの重要な特徴は、株の配当金や、預金利子などで生活する金利生活者の増大である。こうした国は「金利生活者国家」とか、「高利貸国家」とか呼ばれる、とレーニンは書いているが、現在は余りにも当たり前の現象になったので、これらの言葉は用いられなくなった。が、アメリカ合衆国は巨大な金利生活者国家であろう。一方で貧困層も多数を占める。ものを作るという産業は後退、金融工学といった学問が主役となり、株の買い占め、株の売買益、配当金、利子などの操作によって利益をあげようとする。十九世紀にはすでに会社の社長などは、経営をマネージメントのプロに任せ、自分は金利生活者になる例が続出していた。

しかし、こうした金利生活者が文化の担い手になったのも事実であった。たとえば、フランスであるが、アンドレ・ジード、ポール・ヴァレリー、マルセル・プルースト、ロマン・ローランなど世界文学に足跡を残した作家のほとんどは金利生活者であった。美術、音楽も同じであろう。ちょうど、日本の平安時代の中期から後期にかけて文学の花が開いたようにである。

秋水の「二十世紀の怪物帝国主義」はこういった経済学的な分析がないぶん、感覚的につかめるので、分かりやすいのではないだろうか。なお、この書は、先に述べたように兆民が主筆をつとめていた「千代田毎夕」新聞に明治三十三年（一九〇〇）十一月二十日から同年十二月十五日まで連載した『大逆無道録』と、同年十二月十七日から翌三十四年一月十六日までの『刀尋段々録』、および一月十九日から二月四日までの『帝国主義』を整理、体系化したものであった。

『初期社会主義研究』（一九九八）十一号掲載の平塚健太郎氏の論文によれば、秋水の『帝国主義』は、一八九九年に出たイギリスのジョン・M・ロバートソンの『愛国心と帝国』におおくを依拠していることが明らかにになったという。これらの研究は一九七九年頃から、山泉進、宮本盛太郎、山田朗によってなされたという。

なお、同論文で気になったのは次の箇所である。「なお、これと対照的に小林一美『義和団戦争と明治国家』は、問題とされたような対外論がみな無署名であるのに対して、八月七日付『万朝報』論説「非戦争主義」が署名入りである・・・(以下略)」。また「ここで注目しておきたいのは一九〇〇年八月七日付『万朝報』論説「非戦争主義」が無署名であることに注目した小林の見解である・・・(以下略)」。一方は「署名」、他方は「無署名」となっている。もちろん、全集には「秋水」の署名がある。単なるケアレスかもしれないが、素人の読者を混乱させると思う。

十二、社会民主党

明治三十四年（一九〇一）の五月の初めころ、長野県松本出身の木下尚江が勤める京橋区尾張町新地（現在の銀座四丁目あたり）の毎日新聞社に幸徳秋水が訪ねてきた。幸徳は木下の顔を見るとすぐに、

「おい、社会党をやろう」といった。木下も一瞬の後、

「うん、やろう」と答えた。二人はしばらく立ったまま、見つめあっていたが、幸徳はやがてにっこりと笑って、帰っていった。ただし、毎日新聞社は先に述べたように現在の毎日新聞社ではない。

数日後、呉服橋（現在の東京駅八重洲北口から北へ数分の交差点、かつては路面電車の呉服橋停留所があった）外の鉄工組合事務所で創立委員会が開かれた。集まったのは幸徳、木下の外、安部磯雄、片山潜、西川光二郎、河上清の六人だった。宣言書は安倍磯雄が執筆することになり、事務所は神田仲猿町の木下の借宅ということになった。

結党式は五月二十日に行われた。宣言書の始めは「もし、直接に抱負を言うならば、我が党は世界の大勢を念頭におき、経済の趨勢を察し、純然たる社会主義と民主主義により、貧富の格差を打ち破り、全世界に平和主義を打ち立てようとするものである」となっていて、角川『日本史辞典』には、「土地、資本、交通機関の公有、軍備全廃、教育費国庫負担、労働者の団結

の自由、普通選挙の実施、貴族院廃止などの政策を掲げた」とある。

同日、結党届を当局に出したが、内務大臣末松謙澄が治安警察法により即日禁止の措置をとった。しかし、同日発行の「労働世界」、「万朝報」、「大阪毎日」、「新房総」、「東海新聞」に同党の宣言。綱領が発表された。これらの各紙は発売禁止と罰金刑を受けたが、そのときはすでに多くの読者は宣言と綱領を読んでいた。また、後に裁判の判決全文が全国各紙に掲載され、一定の影響力を持った。

五月二十二日、堺利彦が「万朝報」の記者として、末松謙澄を訪ねた。末松は、社会党は列国が一様にもてあまして、鎮圧につとめている政治組織である。なにものずきにあんなものを日本に持ってこなくてもよい。列国と同じように、わが政府も全力をそそいで鎮圧しなければならない、といった。これに対して幸徳は「万朝報」の五月二十四日号に「社会党鎮圧策」という論説を書いた。末松謙澄はケンブリッジ大学に留学、日本の文学博士でもあった。


「・・・社会主義的思想が善か悪かはしばらくおくとして、いや、末松君の考えるように、非常に危険にして憎悪すべきものであるとしても、この思想が近ごろわが国民の間に漸次浸透してきていることは争うことができない厳然たる事実である。これは単なる私の私見ではない。政府の准機関紙といわれている英文紙ジャパンタイムズ昨日付けに掲載された『日本における社会主義』と題する論説中、次のような記事があった」

近ごろ社会主義的思想がわが国の青年の中に徐々にかつ堅固に蔓延していることは，ベラミーの回顧、キッドの進化論の訳本がおおいに歓迎されていることを見ても明らかである。わが国の社会主義者中には才学のあるものは少なくない。彼らは久しく講演に演説に新聞雑誌にてこの主義の普及と研究に努めてきたが、その努力がかなり成功したので、いよいよ実際の政治問題について実行しようとして社会民主党なる団体を結成した。しかるにその綱領中に不穏の条項があるがために禁止されたという。本ジャパンタイムズ紙は当局の処置がその権限を逸脱しているというのではなく、その命令が間違っているというのではないが、彼らが平和で穏当な方法をとったにもかかわらず、ただちにこれを禁止したのは急遽過ぎ、また厳格に過ぎるのではないかとの空気が一般に流れている。

「政府の准機関紙といわれているものでも今回の事態をこのように見ているのである。日本の社会主義的思想の流行は学者の研究や宣伝に始まり、近年の社会の腐敗に絶望し、経済界の乱調に苦しんでいる人々がこれによって集合し活路を発見しようとしているのである。故にその勢力の進歩は驚くべきものがある。かかるが故に、今日これを鎮圧しようとすれば実に非常な手段方法をとらねばならないであろう」

エドワード・ベラミー（一八五〇〜一八九八）はアメリカの作家、社会改革家、代表作は『顧みれば』で、産業が国有化され、豊かな生活が保障されるユートピアを描いた。

ベンジャミン・キッド（一八五八～一九一六）はイギリスの社会学者、代表作は『社会進化論』、内村鑑三に影響を与え、世界的なベストセラーになった。

政府の准機関紙といわれる、ジャパン・タイムズの記事を援用した極めて用心深いが、いわんとすることは尽くした論説であった。

その後、六月三日、社会民主党の名前を社会平民党と変え、改めて結党届を出したが、即日禁止された。

しかし、この年、明治三十四年（一九〇一）は秋水が、極度の多忙のなか八面六臂の活躍をした年でもあった。まず師の中江兆民であるが、前年十一月頃から喉頭部に異常を感じていたが三月二十二日突然吐血した。しかし、そのまま商用で大阪に赴いた。兆民は旅行に二等車を使う習慣はなく、堅い座席の三等車で新橋駅から大阪梅田駅まで夜行で十六時間余も揺られたのである。朝、梅田駅に着いたときにはすっかり衰弱し、迎えにきた友人はこのまま卒倒するのではないかと思ったという。直ちに小塚旅館に入った。そして四月、耳鼻咽喉科堀内謙吉医師の診断を受けた。兆民の問いに、堀内医師は喉頭癌で、余命一年半と告げた。兆民は六月頃から『一年有半』の執筆をはじめ、八月三日脱稿した。翌四日、秋水が原稿受け取りに来訪、兆民は生きているうちに出版して欲しいと秋水に頼み、秋水は兆民と親交のあった博文館に話し、九月二日に同書店から刊行された。初版一万部は三日で完売したという。

こうした中、秋水は埼玉県大宮市で八月三十日に開かれた政談演説会で演説をした。どんな演説をしたかは記録が残っていないが、「万朝報」九月十三日号に興味深い論説が掲載されているので、紹介していこう。

日本鉄道の大宮工場で、機関車の修繕、組み立てその他の工事をするとき、職工などが手を抜いていることは、本紙がすでに報じたところである。その結果、乗客の危険と荷主の損害はいうまでもないが、その機関車や、客車，貨車が十五年使うはずのところが、十年、十年保つべきところが、六、七年にして破損するという。これはもちろん、職工に罪がないわけではないが、職工は本来、精巧の技能を発揮して上の地位に上りたいと思っているはずなので、彼らが故意に手を抜いているとは考えにくい。工場の役員は、仕事が請負なので、百円を六十円に、六十円を四十円に切り詰め、これを職工に強制しているのだという。職工がその技能を発揮しようとすれば、役員の憎しみを買う。憎しみを買えば、首になることを覚悟しなければならない。

私が聞いたところによると、汽車課から百五十円で請け負った組立は、切り詰めに、切り詰めて、四十円で組み立てざるをえなくなった。一体どこまで切り詰めることが出来るのか、職工が試したところ、たった十六円で組み立てることができた。しかし、この機関車は危険なので、試運転のときは、職工は点火と同時に皆飛び降りたという。だが、驚くべし、この機関車は試験済みとなり、現に使用中であるという。

この時期、労働組合が次々と結成された。明治三十年（一八九七）七月、労働組合期成会が、十二月には鉄工組合が結成された。鉄工組合は明治三十三年（一九〇〇）九月には四十二支部、組合員五千四百人になっていた。有力な支部の一つは日本鉄道大宮工場にあった。三十一年（一八九八）二月、第五章で述べたように東京、青森間の東北線をもつ日本鉄道の機関方争議が起こった。待遇改善と、機関方という名称は機関手とせよといった職名改称も要求した。二月下旬にはストライキが行われ、争議は組合側の勝利に終わった。そこで争議の母体となった期成会は解散して、同年四月に日本鉄道矯正会が組合員千人で結成された。期成会は組合の組織化に取り組んだのはもちろんであるが、労働者の待遇、地位の向上などを盛り込んだ「工場法」制定促進運動にも取り組んだ。が、理解を示したこのときの内閣、大隈、板垣内閣が退陣したこともあって運動は挫折した。そして次の山縣有朋内閣が、労働・農民運動や、一切の民主化運動を抑えるために三十三年（一九〇〇）三月十日に制定したのが、前にも触れた「治安警察法」であった。矯正会のメンバーにはキリスト教徒が多く、修養と技術鍛錬、悪弊の除去を運動の中心にすえた。矯正会という名称はこれに由来する。しかし、会社側は矯正会を目の敵にした。

果たして、三十四年（一九〇一）秋、日本鉄道は日本鉄道矯正会の活動家を大量解雇した。すなわち、大宮工場から二十八名、福島二名、盛岡十五名の計四十五名であった。治安警察法違反による解雇といわれているが、違反の内容は不明である。

さらに、同年十一月三日に東北地方で天皇御臨幸の陸軍大演習が行われることになっていたが、同日、日本鉄道矯正会のストライキが行われるというデマがまことしやかに流されていた。天皇のお召列車の前には一駅の間隔で、統監列車を走らせることになっていた。ところが、統監列車は仙台駅を発車して、小牛田駅を通過し、瀬峰駅の少し手前に来たとき突然動かなくなった。このとき小牛田駅に詰めていた汽車課長はこれに気が付かずに、先発列車が次の駅に着いたという信号がなければ後続列車は発車してはならないという規則を忘れて、お召列車を発車させた。お召列車は前方に停車中の統監列車を発見して、急停車した。明治天皇は驚いて、窓から首を出して外をのぞいたという。課長は現場を長く離れていて、規則を忘れていたのかもしれない。

責任者の追及が行われた。矯正会員の一人が、前日、統監列車の機関車に故障があることを発見して、その旨、会社に報告していたことが分かった。会社は何故か、報告を無視したのであった。しかも、会社側はその非を認めず、逆に矯正会員がお召列車の転覆をしくんだかのような言明を行い、警察と結託して、矯正会に解散命令を下した。

これについて秋水は十一月二十九日号の「万朝報」に「咄咄怪事（警察の労働者迫害）」という題の論説を書いた。

一昨昨年、矯正会という団体が結成されたが、その結束は固く、その勢力は増大し、その貯蓄は五万円に達したという。わずか数年にしてこのような成功をおさめたのは、彼らの名誉であり、かつ日本鉄道会社の名誉であるはずである。ところが、その雇い主である日本鉄道会社は常に矯正会を嫌悪し、憎悪し、脅迫の手段をもって、あるいは買収の策をもって、その勢いを減じ、会の解散、崩壊を図っている。近日に至って迫害はいよいよ急である。

過日大演習御臨幸のとき、日本鉄道機関手がストライキの計画をしているとの噂が流され、警察の警備は厳重を極め、矯正会員は自由を奪われ、ひどい迷惑を受けたが、これは矯正会を解散に追い込むためであることは本紙がすでに報道したところである。そして遂に、一昨日本紙が報じたように、機関事務所長が機関手等を集めて、同会を解散するとの諭告を行った。それればかりではない、福島の矯正会本部が突然、福島県の警察から本月二十五日までに解散せよ、もし解散しないときは厳罰に処すとの命令を受けた。

矯正会は公明正大で、いささかも法に触れることはなく、不穏の行動に出た者もいない。福島の警察は何故このような無法な命令を下すのか、まことに疑問である。

これまで、わが国の警察官はものごとの道理を理解しないため、専制政治の爪や牙となり、あるいは金持ちの道具になって多数の平民を迫害してきた。彼らが労働者に対するときは無法極まりなく、労働者の集会はしばしば解散され、その団結はしばしば禁止された。その請願はしばしば警察に妨害された。このように労働者に対して警察が無法に権力を振り回して、迫害すれば、労働者の知徳、進歩、健康の保護、生活の改善は望むべくもないのである。これはわが国の商工経済の上においても重大な問題であり、また人道上の問題でもある。

お召列車が急停車して、大事故になる寸前だったことには触れていないが、この時点ではまだ真実が明らかになっていなかったのかもしれない。ともかく、矯正会は順法闘争が基本で、治安警察法に抵触するようなことはなく。解散命令は法的根拠のない極めて不当なものであった。『日本史小事典』（山川出版社）などは「天皇の乗った列車の責任を負わされて政府から解散命令をだされた」と簡単に記述している。

十三、田中正造の直訴状を代筆する

同じ三十四年（一九〇一）の十二月九日の夕刻四時を過ぎた頃、麻布宮村町七十三番地の秋水の家の扉を激しく叩くものがあった。秋水が出ると、足尾鉱山鉱毒問題で、誰知らぬ者のない田中正造その人が立っていた。港区麻布宮村町は現在は六本木ヒルズの南側になるようだ。秋水は前述のように二十九年（一八九六）に母多治子を呼んで、麻布市兵衛町に母と子の世帯を持ち、その後まもなく近くの少し広い家に越していたが、三十二年（一八九九）七月、師岡千代子と結婚した。千代子が後に書いた回想手記『風々、雨々』には「結婚後間もなく移り住んだ」とあるから、多分三十二年中に宮村町の家に越したと思われる。ただし、同手記には「芝佐久間町から麻布宮村町の南山小学校下の藪下に移った」とある。

同手記には、この家は伊藤博文が両親の隠居所として建てたものを工学博士白石直治が譲り受けたもので、数奇をこらした建物で、白石直治の夫人の弟の竹内虎治は後に中江兆民の娘千美子を夫人に迎えていることなどから、兆民が秋水に斡旋したものと考えられる、とある。また、竹内虎治は土佐自由党の名士竹内綱の息子で、戦後の宰相吉田茂は竹内綱の五男と説明している。

秋水夫妻が引っ越してから間もなく、兆民がやってきた。女中が取り次ぐよりも早く座敷に入り「なるほど、よい家だ。お母さんは郷里か、世帯道具は整ったか」といいながら、座敷の押入れから、台所の戸棚まで開けて「これならよし、これで安心した。どんな様子かと思って心配していた」といって、お茶もろくに飲まずに帰っていった。

秋水が帰宅してから、この話をすると秋水の顔には明らかに深い感動が現れていた。また、この話で、気が付くのは「お母さんは郷里か」の一言である。母の多治子は前年三十三年（一九〇〇）の三月十一日に秋水と土佐中村に帰郷したまま、郷里に留まったのではないだろうか。ともかく、秋水が成人後住んだ中ではもっとも贅沢な家であったことは間違いがない。

秋水は田中を座敷に通し、長火鉢を挟んで座った。正造は牡丹餅紋の黒木綿の羽織に毛繻子の黒袴という日頃の服装であった。

「わしは長いこと考えておったのじゃが、一大決心をしました。明日は第十六議会の開院式で、陛下が貴族院にご臨席になられ、その後宮中に還御されます。そのとき直訴いたすことに決しました。わしは衆議院議員として、繰り返し渡良瀬川流域の惨状を訴えてきたのじゃが、一向に解決の兆しは見えない。去年二月の川俣事件では百名を超える逮捕者をだして、請願運動は大きな打撃を受けました。わしはこの十月、議員を辞め、野に下りました。議会で吠えても、叫んでも、静かに話しても虚しいのです」

「はあ、おっしゃることはよく分かり申しました。先生が孤軍奮闘されていることは不肖わたしも承っております。が、わたしに何をせよと仰せなのですか」秋水はいいながら火鉢に炭を継いだ。

「その、訴状を書いてもらいたいのじゃ。毎日新聞の石川半山君とも相談したのじゃが、その適任は近頃『万朝報』で文名とみに高い幸徳秋水君をおいて他になしということになったのですじゃ。もっと早く来ればよかったのだが、万一漏れるようなことがあってはならない。それで、今日になってしまい申した」

「直訴状ですか、穏やかではありませんね」秋水は目をつぶり容易に答えなかった。

「是非、是非お願いしたいのですじゃ。わしは二十三年、五十歳のときからこの問題に取り組んでおる。その年は第一回の衆議院選挙で、わしが当選したのじゃが、渡良瀬川が氾濫して鉱毒水が村々を浸してのう、最初に質問したのは二十四年の暮の第二議会じゃった。わしはもう六十一じゃ。いつ死んでもおかしくない、じじいの頼みを聞いてくだされ」

正造は、被災地の田畑が度重なる洪水によって、二十五センチもの厚い毒土に覆われていること。その結果、農作物も、桑の木も黄色く立ち枯れていること、伐採されて禿山になった山林と、残った樹木も煙害によって枯れていること、さらに古河鉱業の不誠実な態度と、議会、政府の冷淡な対応を次々に語った。

田中正造は天保十二年（一八四一）に現在の佐野市小中町の名主の家に生まれた。一帯は高家（幕府の儀式、典礼を司る家で官位は大名に準ずる）六角家領だった。十九歳のとき父富蔵が七カ村の総元締めである割元役に昇格したので、父の跡を継いで名主になった。その後、六角家改革に尽力したが、誤って投獄されるなど辛酸をなめたが、明治十二年（一八七九）三十九歳のとき栃木新聞を起こし、翌明治十三年（一八八〇）栃木県議会議員に当選した。同年、栃木、群馬両県代表の一人として、国会開設、憲法制定の請願書を元老院に提出した。明治十九年（一八八六）には県会議長になり、二十三年（一八九〇）の第一回衆議院議員選挙で当選し、この年から足尾銅山鉱毒事件に取り組んだ。

川俣事件というのは明治三十三年二月十三日、鉱毒問題事務所になっていた群馬県邑楽郡渡良瀬村（現在の館林市の北方一帯）の雲竜寺から政府への請願のため数千人が出発したが、途中利根川河畔の川俣で警官隊に遮られて、百人以上が逮捕された事件である。

「分かりました。わたしでよければ書いてみましょう」秋水は火箸で炭の位置を直しながらいい、手を叩いて千代子を呼んだ。妻が顔を出すと、

「新橋の角鍵へ行って、奉書を買ってきてくだされ。女中ではなく自身で頼みます」といった。奉書というのは儀式用の最高級の和紙である。千代子は身支度をして外に出ると、正造が乗ってきた人力車で、歳末で賑わう新橋へ行き、十枚ほど買い求めて帰った。それを合図のように、正造は人力車に乗った。その夜、秋水は徹夜して訴状を書き上げた。

天皇に奉る文なので、現代人には難語句の連続であるが、その最初の部分を写してみる。原文のカタカナは、ひらがなにした。

まず最初に「謹奏」とあり、下に田中正造とある。

草莽《そうもう》の微臣田中正造、誠恐、誠惶、頓首、つつしみて奏す。伏して惟《おもん》びるに臣田間の匹夫，

敢えて規を越え、法を犯して、鳳駕《ほうが》に近前す。その罪実に万死に当たれり。しかも甘んじて之をなす所以《ゆえん》のものはまことに国家生民の為に図りて一片のつひに忍ぶ能はざるものあればなり、伏して望むらくは陛下深仁深慈臣が狂愚《きょうぐ》を憐れみて少しく乙夜《おつや》の覧を垂れ給はんことを。

「鳳駕」は天皇の乗る車、「乙夜」は日没から夜明けまでを五つに分けた二番目で就寝前の数時間である。以下、渡良瀬川両岸は毒流によって侵され、さらに洪水によってその被害地域は、栃木、群馬、茨城、埼玉の数万町歩に及んでいる、魚は死に絶え、田園は荒廃し、数十万の住民は働くに仕事なく、食べる物なく、病んでも薬なく、老人、子供は捨てられ、壮者は他国に出ていってしまう。臣田中正造はここ十年政府当局に対策、救援を求めてきたが、当局は言を左右して適切な措置を取ってこなかった。そればかりでなく、住民は窮苦に耐えず請願行動を起こしたが、当局は警官隊を派遣してこれを抑圧して、兇徒と称して獄に投じた。このような現状であるので、直ちに救済策を講ずる必要がある。それは、一、渡良瀬川の水源を清めること、二、河川の修築、三、田畑を覆った毒土を除去すること、四、沿岸の天産を復活する、五、多数町村が頽廃しているが、これを復活する、六、毒を垂れ流す鉱業を止め毒水、毒屑の流出を根絶する。もし、このまま放置すれば、その禍は将来測るべからざるものになるであろう、と続いている。そして最後は、

臣年六十一、而して老病日に迫る，念ふに余命幾ばくもなし、ただ万一の報効を期して敢

えて一身もって利害を計らず、故に斧鉞《ふえつ》の誅を冒して以て聞す、情切に事急にして涕泣言ふところを知らず、伏して望むらくは聖明矜察を垂れ給はんことを、臣通絶呼号の至りに任ふるなし。

となっている。「斧鉞《ふえつ》」はおのとまさかりで、重い刑罰の意味、どうかご賢察を給わりたいというのである。

秋水は直訴状を書き上げると、自ら芝口二丁目（現新橋二丁目）の正造の宿、越中屋に届けた。正造は受け取るとすぐ人力車で日比谷の議会に向かったが、まだ早かったので衆議院議長官舎に入った。給仕が一人残っているだけだった。御還幸の御行列が来たら知らせてくれと頼んで、応接室に入り、奉書を開いた。実は昨夜秋水は、ふんふんと黙ってうなずいているだけだったので、ちゃんと分かったのかどうか内心不安だった。だが、訴状には話したことが的確に、しかも要領よく書かれていた。

しかし、どうも気になるところがあった。そこで、筆をとって、「狂愚」を「至愚」と直し、「惨憺の荒野となれり」を「惨憺の荒野となれるあり」と直し、他にもいくつか訂正した。すべてが荒野になったのではなく、毒土が及ばないところもあったので、正確にと思って訂正したのだった。訂正は文の勢いを弱めることにもなったが、それには無頓着だった。訂正箇所には全て押印した。作業に没頭していると突然扉が開いて、給仕が御還幸を知らせた。正造は訴状を摑むと足袋裸足のまま官舎をとび出した。

午前十一時二十分、ひずめの音と粛々と進む御馬車のきしむ音だけがする拝観の人垣の中から一人の男がとび出した。

「お願いがございます、お願いがございます」

黒の山高帽子、黒の紋付、黒袴、足袋裸足の男が両手に奉書を捧げもって真直ぐに御馬車に向かって走った。近衛騎兵が男を止めようとして槍を突き出した。男は槍をさけようとして足がもつれ前のめりに倒れた。その瞬間、騎兵も平衡を失って馬もろとも横倒しになった。御馬車は何事もなかったかのように通り過ぎた。二人の警察官が男を捕えた。男は襟首を捕まえられたまま、奉書を捧げ持ち、なお、

「お願いがございます」と叫び続けた。

男は無論田中正造である。不敬罪として起訴されるのではないかとの危惧もあったが、一晩麹町署に留置されただけで、越中屋に帰ってきた。当局が正造を狂人として扱うことにした結果だといわれている。

このニュースは銀座の毎日新聞社（繰り返すが、現在の毎日新聞とは無関係）にいた木下尚江の耳に入った。間もなく主筆の石川半山が開院式から帰ってきた。二人は応接室のベランダに出て話し合った。石川は燕尾服のままであった。目の下の大通りを鉄道馬車が走っていった。通信社から直訴状の第一報が入った。幸徳秋水が書いたのだという。木下は一読して、秋水の文だと思い、「幸徳が書くとは何事だ」とつい我慢できずにつぶやいた。石川は「まあそう怒るな」となだめた。ここのところは、木下の回想録『神・人間・自由』にあるが、分かりにくい。木

下尚江は、この頃天皇制にもっとも痛烈な批判を持っていたといわれている。一読すれば分かるように、「草莽の微臣」とか天皇に対して徹底的にへりくだった文章である。『二十世紀の怪物帝国主義』を書き、「万朝報」に社会主義を標榜する文を書き、鋭い政府批判の論説を書いていた幸徳秋水が、このような文章を書くのは屈辱だ、と思ったのだろうか。

しかし、秋水は天皇を崇拝する田中正造の立場から書いたのであった。

と、そのとき「やあ」と石川半山が大きな声を出した。応接室の隅の薄暗いところに秋水が立っていた。

「君らに叱られにきた」

「叱るどころじゃないよ、よく書いた」石川が燕尾服の腹を突き出していった。

「そうかねえ」いいながら秋水は応接室を抜けて、ベランダに入ってきた。でっぷり太った石川、細長い木下、細くて短い幸徳の三人が、不揃いの鼎の足のようにベランダに立った。木下は口を堅く結んだまま、目で挨拶した。

「ゆうべ、正造翁が来てね、鉱毒問題については万策尽きた。この上は一身を犠牲にしても直訴するというんだ。奏上は疎漏、欠礼のことなどあってはならない、事情斟酌の上筆労をわずらわしたいというんだ。直訴状なんて誰だって嫌だ、だけど長年の苦闘に疲れ果てたあの老体を見ては、到底嫌だとはいえないんだ」秋水は黙りこくった木下に目をやりながらいった。

このことばからは木下の気持ちに配慮しつつ、正造の連携者となる危険を冒した、という響きも聞き取れる。

木下尚江（一八六九～一九三七）は長野県松本の出身、東京専門学校（現早稲田大学）を出た後、毎日新聞の記者をし、小説『火の柱』、『良人の自白』などの小説も書き、日露戦争にはキリスト教の立場から痛烈な非戦論の論陣をはった。しかし、明治三十九年（一九〇六）一切の活動から身を引いた。ただ、田中正造との親交は続き、正造の最後を看取った。

秋水は三日後の同月十二日付けの「万朝報」に「臣民の請願権（田中正造の直訴について）」という論説を書いた。なお『神、人間、自由』は昭和九年（一九三四）に中央公論社刊、朝日新聞、中央公論などに書いた文を集めたもので貴重な記録。

世の多くの人々は田中の心事を知らないだろうが、鉱毒被害民を救うため、その一家を捨て、一身を捧げ、その妻も日夜奔走した。衆議院議員になったのもそのため、議員を辞したのもそのためである。全生活はそのためにあった。これがために生き、これがために死ぬ覚悟であった。しかし、政府、議会は顧みず、世の学者、宗教家、新聞記者などは問題を解決する勇気がなかった。また鉱毒問題は直すことができない病であると断じて、被害民を諭し、諦めさせるという人もなく、政府をして適当な救済策を立てるように努める人もなく、被害民が大挙して請願の途につけば兇徒として捕えられた。万策尽きたのである。ただ、天に向かって号泣し、神仏に訴えるしかないのであろうか。しかし、幸いにして、わが国民は至仁至慈の皇室を戴いている。天に号哭して天皇陛下に直訴しようと欲するに至る。これはまことに日本の日本である所以である。田中のなしたことは、このようなことであり、その心情は憐れむべきであり、憎むところなく、悲しむべくして怒るところはない。そして、わが憲法にも臣民に請願の権利あり、と明明白白に書かれている。就中《なかんずく》臣民中の親任官には直奏の特典があるとされているが、無位無官の臣民が陛下に直接請願することを禁じている法令はない。日本が憲法の範とした欧州の君主国においても臣民が直接君主に請願する慣例は珍しくないのである。

とあり、最後は原文を出すと、

田中の直訴、臣民の義において果たして何の点にか背戻《はいれい》の跡ある、すでに道を尽くし理を尽くし義を尽くして、一も達すること能はず、悲通のあまり、ついに聖駕にすがりて、泣いてこの民の願を聞せんとす。これ臣民の至情にあらずや、吾人は、むしろ田中をしてここに至らしめたる政府および議会の放漫をせめんとす。ああ、ついに至仁至慈の陛下を患わせ奉るは、だれのせめぞ。

「背戻」はそむくこと。無署名の論説であるが、秋水の文である。気がつくのは天皇に対して最上の礼を尽くしていることである。『神・人間・自由』に幸徳が「君、社会主義の主張は経済組織の改革じゃないか、国体にも政体にも関係がない。君のような男があるがために社会主義が世間から誤解される。非常に迷惑だ」と、いったとある。「国体」とはいうまでもなく天皇制国家のことである。

秋水があらゆる言論を奪われ、社会主義、無政府主義の旗を降ろして、徹底した民主主義を主張したのが、明治四十二年（一九〇九）五月に出した新聞「自由思想」であった。その発刊の序には「一切の迷信を破却せよ、一切の陋習を放擲《ほうてき》せよ、一切の世俗的伝説的圧制を脱却せよ。そうして極めて大胆聡明に、汝の信仰、汝の生活、汝の行動が、果たして自己良心の論理と、宇宙の理義に合せるや否やを思索せよ」とある。この「一切の」何々の中に天皇制批判も含まれているとされることが多いが、どうであろうか。「自由思想」はわずか二号で発売禁止になり、廃刊になった。

明治四十三年（一九一〇）十二月に書かれた「獄中から三弁護人宛ての陳弁書」を見てみよう。「革命の性質」という章で、

主権者の変更如何には頓着なく、政治組織、社会組織が根本から変革されなければ革命とは申しません。足利が織田になろうが、豊臣が徳川になろうが、同じ武断政治の世ならば革命とは申しません。

と、書いている。旧来の政治社会組織が崩壊して、新たな政治社会組織になるのが革命なのだという。従って明治維新は革命であったとする。武断政治云々はその通りであろうが、明治維新については異論があるだろう。英語では明治維新を、明治レストレーション restoration

という。これは復活、復元の意味である。つまり王政復古が適訳かもしれない。「主権者の変更如何には頓着なく」のところは、現代人には、主権者が天皇から国民に変わろうが、変わるまいが、と読めてしまうのである。これは重大な点である。主権者が天皇なら国民は臣民である。最終決定権は天皇にある。太平洋戦争開始と、ポツダム宣言受諾の詔勅は昭和天皇が出した。

無政府主義者の革命がなったとき皇室はどうなるかというとそれは無政府主義の政府が指揮命令することではなく、皇室が自ら決することだという。他の自由を侵さないかぎり、皇室は何の束縛も受けることはない。そして無政府主義者の革命は暴力や暗殺などとは無関係であるとし、むしろ出来うるかぎり暴力を伴わないように努力するというのである。というのは暴力は旧来の組織を守ろうとする保守主義者が用いる常套手段であるからである。

これらから分かるのは、一個人としての天皇、一家族、一親族としての皇室についての言及はあるが、天皇制そのものについての見解がないことである。検閲が厳しかったからとも考えられるが何かそれらしい一言があってもいいのではないか。戦前の権力構造と天皇制は不可分の関係にある。たとえば、旧憲法第十一条は「天皇は陸海軍を統帥す」となっていて、内閣や議会は軍部に口を出すことはできない（統帥権の干犯）という主張が昭和になってから主流になり、十五年戦争から太平洋戦争に突入した。（もっとも昭和六年（一九三一）九月の十五年戦争の発端になった柳条溝事件、いわゆる満州事変、は関東軍が勝手に起こした事件で、明らかに統帥権の干犯であった。）天皇制警察の猛威はもちろんである。先の木下尚江の不満はそうした幸徳の天皇制批判の甘さを感じたからかもしれない。しかし、幸徳秋水は一般的には痛烈な天皇制の批判者と思われているのではあるまいか。

直訴は大きな反響を呼び、各紙は争って号外を出した。被害民に同情する記事がほとんどだった。盛岡中学の生徒だった石川啄木は新聞配達で得たお金を送金した。鉱毒地救済婦人会は演説会で義捐金をつのり、送金した。キリスト教婦人矯風会は経営する東京西大久保の慈愛会に被害地困窮者の子女を集めて養育した。浄土真宗本願寺派（西本願寺）は鉱毒被害地救済仏教者同盟を結成して義捐金や物資を被害地に送り、現地に施療院を作って鉱毒被害者の施療、治療を行った。また東京府の学生千百人余が同月二十七日、安倍磯雄、田村直臣、木下尚江、内村鑑三らに率いられて、被害地に赴き、被害民と懇談し、その後各地で演説会を開いた。翌明治三十五年（一九〇二）一月、文部大臣は各私立学校に東京都知事からの厳達として、被害地視察、義捐金募集、街頭演説は政治にかかわるという理由で禁止した。すると学生たちは屋内演説に変更して演説を続けた。次いで、帝国大学の学生を中心に第二回被害地視察が計画されたが、文部大臣がこれを禁止した。学生たちは単独視察ということにして、約二百五十人が視察した。

政府当局への雲竜寺を出発点にした請願行動は六回行われた。有名なのは川俣事件であるが、その第六回は明治三十五年三月二日に行われた。請願行動を農民は、押し出し、と呼んでいたが、これについて秋水は三月五日付けの「万朝報」に「鉱毒被害民の請願」と題する論説を書いている。その要旨は次のようである。

渡良瀬川下流の住民数千人が請願のため上京しようとするや、警察隊がこれを阻止、服装の粗野なものには厳重な職務質問をし、あたかも戒厳令下のようであった。住民は何の武器も持っていないどころか、食べるに食べるものなく、病にかかっても薬もない。ただその命を救ってもらいたいだけである。そして彼らの一部がようやく官庁街に着き、農商務相、内務省の門前で哀訴したが、大臣、長官、局長等は門前に姿をあらわすことはなく、住民は虚しく帰るしかなかった。政府はいったい何のために存在するのか、大臣の職は何のためにあるのか、その人情なく、その親切なく、いやその職責さへも捨てて反省するところがない、まことに言語に絶するという外ない。

その後の鉱毒問題を簡単に見ておこう。明治三十六年（一九〇三）、政府は銅山から流出する毒成分は過去のものが大部分でそれが洪水によって蓄積されたとして、古河鉱業の操業は継続させ、渡良瀬川の治水事業を行うことにした。事業の中心になったのは西に渡良瀬川、東に思川、巴波川、北に赤麻沼という沼があり、三方を堤防が囲む扇状地の栃木県下都賀郡谷中村であった。洪水は赤麻沼に流入した水が北の堤防を破ることによって起こることが多かった。この谷中村を買い上げて遊水地にするというのである。明治三十七年（一九〇四）十二月、栃木県議会は四十六万円の買収予算を可決した。鉱毒被害が起こる前の村は、洪水に襲われることはあったが、渡良瀬川と思川が運んでくる豊かな土壌のため大体は豊作であった。事実、三十六年（一九〇三）の秋は豊作になった。前年の洪水によって毒土の上を栄養分豊かな土壌が広く覆ったからであった。政府はこれを治水工事の効果と宣伝した。田中正造は三十七年の七月から谷中村に移り住んだ。正造が県に提出した請願書には谷中村の価値は五百万円から六百万円とあった。鉱毒水によって、地価は通常の七分の一から九分の一に下落していたが、下落した相場で当局は予算化したのだった。明治三十九年（一九〇六）四月、谷中村議会は栃木県知事が出した廃村案を否決した。

しかし、県は同年四月十七日までに村民は村から立ち退くように通達し、さらに村議会の否決を無視して谷中村を廃して、藤岡村に合併することを告示した。ここに谷中村は法律上消滅した。三十六年以降、地力回復の兆候が表れてきたのは事実であった。農民が毒土を剥ぎ、石灰を入れたこと、また鉱毒予防令によって始まった鉱水の化学処理も効果を表しはじめていた。しかしこうしたことは周辺町村の鉱毒反対運動を鎮静化させ、谷中村を孤立させ、見殺しにする結果になった。遊水地は有毒成分を沈殿させる効果も期待されていた。

明治三十八年（一九〇五）頃から住民は買収に応ずるようになっていた。栃木県当局は借金のある者には債権者を使って土地、家屋を手放すしかないように追い込む、などあらゆる手段を用いたといわれている。前年三十七年の二月には日露戦争が始まり、三十八年の九月にポーツマス条約調印となったが、これは政府や県当局に有利に作用した。健康な壮年男子は出征してしまったからである。田中正造は「日本の開戦は山師の主張で、国民の主張ではない」「盗賊は出兵軍人の帰るのを恐れて、それ以前に谷中村を奪取しようとしている」と手紙に書いている。「山師」「盗賊」とは政府と県当局である。

県は四十年（一九〇七）一月二十六日、土地収用法を適用し、立ち退かない者は犯罪者になると警告し、更に多くの住民が谷中村を去った。なお土地収用法公告の最終責任者は後に初の平民宰相となった内務大臣原敬で、彼はその一年前まで、足尾銅山を経営する古河鉱業の副社長を務めていた。原は、陸奥宗光に引き立てられた人物で、陸奥の二男潤吉は創業者古河市兵衛の養子になっていた。潤吉は市兵衛亡き後、明治三十六年（一九〇三）社長に就任したが、間もなく三十六歳で病没、その子虎之助がまだ未成年だったが後を継いだ。土地収用法により四十年六月二十九日から栃木県警の警官二百人と人夫数十人が残留民の住居を強制破壊した。堤防内に十六戸、約百名、堤防外に三戸が残っていた。残留民は家がなくなった後は仮小屋を建てて生活したが、梅雨時と重なり、渡良瀬川の氾濫もあり悲惨な状況になった。正造は大型の船をしたてて残留民の小屋を一軒一軒まわり、船に収容しようとしたが、残留民は病人でさえも船に乗らなかったといわれている。正造は「見よ、神は谷中にあり、聖書は谷中人民の身にあり」と手紙に書いた。

谷中村を去った住民は、古河町、藤岡村、栃木県塩谷郡、那須郡などに移住したが、ほとんどは荒地で、開墾の苦労は大変なものであった。後には、北海道の網走の北西三十数キロのサロマ原野にも移住したが、冬は零下三十度にもなる極寒の地で、その苦難は言語に絶していた。四十年には荒畑寒村が田中正造の推奨もあり、『谷中村滅亡史』を執筆、平民書房から出版したが、ただちに発売禁止になった。

せっかく作った遊水地は洪水のたびに水があふれるなどしてその効果はあまりなかったが、戦後、渡良瀬川に幾つかのダムが建設されてからようやくその機能を果たすようになった。

大正二年（一九一三）九月四日、田中正造は、栃木県足利郡吾妻村（現佐野市）庭田清四郎宅で逝去、七十三歳であった。最後を看取ったのはカツ子夫人、木下尚江らであった。

幸徳秋水は、明治三十六年（一九〇三）十月十二日「万朝報」社を辞めたあと「週刊平民新聞」を発行したが、何度か鉱毒問題と谷中村買収問題の記事を掲載している。たとえば三十七年（一九〇四）十二月十八日発行の「平民新聞」五十八号には、栃木県議会は谷中村民の同村買収反対の請願には耳を傾けず、国庫補助を含む買収費用七十二万円を可決、村民は、これが実行されれば二千余人の村民は餓死するの外なしと激昂、田中翁を起こして上京、八方に運動している、とある。また、三十九年には妻千代子の名前で谷中村に土地を購入している。戦後の一坪地主運動の先駆けであった。

田中正造が幸徳秋水宛てに出した手紙は全集によれば全八通で、最初は明治三十六年（一九〇三）十月十五日付けで、「万朝報」を退社したのは著述に専念ということでしょうか、という内容、最後は四十年（一九〇七）三月三十日付けで、これ以後の交流の記録はない。ただ、正造は直訴後はたびたび秋水宅を訪れた。秋水は「万朝報」社を辞めてからはとみに忙しくなり、不在のことが多く、千代子が代って相手をした。正造はそんなことは気に留める様子もなく、話をし、秋水の書斎で一人で地図を描きながら何やらぶつぶつと独り言をいった。夕方になると千代子は女中を指揮して夕食の用意をした。正造は何でも喜んで食べ、米や麦の話をし、話はさらに鉱毒問題に及んだ。

あるとき、正造は何首かの短歌を示して、添削してくれ、と頼んだ。千代子は困惑したが、それでも意見を述べると、正造は機嫌がよかった。その中の一首は、

今日もまた訪へどこたえぬ戸立棒、いつの時にかこの戸あくらむ。

であった。直訴事件から数年後、何となく正造を敬遠する人が多くなっていたのである。秋水は、正造の歌は、歌にも何もなっていないといっていたが、千代子は土臭さとざれ歌としての面白さがあると思った。正造が生涯に詠んだ歌は五百八十五首という。

田中正造は、非戦論、軍備全廃という点では秋水と意見が一致したが、秋水の『二十世紀の怪物帝国主義』、『社会主義神髄』などは読んだ形跡がなく、その社会主義、無政府主義はほとんど理解していなかったといわれる。正造は、平和は平民の運動によってではなく、聖人の出現によって成就されると考えていた。正造は「神の姿、目あるものは見るべし、神の声、耳あるものは聞くべし、神の教え、感覚あるものは受くべし、この三者信ずるによりて知る」と木下尚江宛ての手紙に書いた。なお、たびたび出てくる「平民」は、幸徳秋水・堺利彦訳のマルクスの『共産党宣言』の中の、プロレタリアートの訳である。ブルジョアジーは「紳士閥」と訳してある。

筆者は二〇一二年の晩秋、谷中湖の西側の堰堤の上に立った。堤の上は自動車道路で、その横にサイクリング道路が造られていた。何人かが自転車を降りて写真を撮っていた。堤の下は芝生で、サッカーの練習場らしく、数人の子供がボールを蹴っていた。その先には林が連なり、さらにその向こうは青々とした湖で、ヨットが数隻浮かんでいた。

栃木駅で貰った『渡良瀬遊水地ガイドマップ』には「現在の渡良瀬遊水地の周辺（旧谷中村、現栃木県藤岡町等）一帯は渡良瀬川、巴波川、思川という三つの河川に囲まれており、人々は洪水に見舞われやすい地域を堤防で囲みそのなかで生活していました。その後、足尾銅山からの鉱毒の影響によって森林が失われたこともあり、渡良瀬川の多くの村々では明治二十三年、二十九年と大洪水に襲われました。このような諸状況から沿岸に住む人々は鉱毒反対の運動を繰り広げて、政治家の田中正造の活動もあり、社会問題化しました。その後、渡良瀬川遊水地は旧谷中村の移住問題等、人々の大きな犠牲のもとに造られました」とあるだけであった。ガイドマップには、「このあたりは、群馬県、埼玉県、栃木県、茨城県の境目で、数分で四県を回ることが出来る」とあった。

原子力発電所の事故により、異郷の地で暮らすことを余儀なくされた現代の人々は谷中村を追われた人々によく似ているのではないだろうか。いつ故郷に戻れるのか分からないし、戻れないのかもしれない。なお『谷中村滅亡史』は復刻されて岩波文庫に入っている。

十四、中江兆民死す

すでに書いたように明治三十四年（一九〇一）三月二十二日、兆民は突然喉から出血した。前年の秋から、喉の痛みを覚え、声もかれていたが、風邪、または咽頭カタルという診断だった。ちょうど練炭製造会社設立のため大阪に行く準備をしているところで、「国民同盟会」の遊説委員として長野に出かけ、帰宅した数日後であった。間もなく出血が治まったので、そのまま新橋駅から乗車した。岩波文庫の『一年有半・続一年有半』の校注者井田進也氏によると、新橋発午後六時十分の神戸行の急行で、翌日の午前十時二十分大阪梅田着の列車に乗ったという。兆民は二等車に乗る習慣がなかったので、固い木の椅子の三等車に十六時間も座っていたことになる。梅田駅に着いたときは迎えに出た友人たちが、そのまま卒倒してしまうのではないかと思ったほどだった。

ただちに、常宿にしていた中之島の小塚旅館に入った。二十六日、大上練炭会社創立事務所を開いた。以下、『一年有半』をもとに、兆民の動静をたどってみよう。『一年有半』は、「第一」、「第二」、「第三」、の三部構成になっている。

四月、喉が小康状態だったので、中旬、和歌山県の和歌の浦に出かけた。十六日に「関船舞式《ふなまいしき》」、十七日には「古式の渡御《むかしどおりおわたり》」が行われたので、これらを見物したのではないかと考えられている。しかし、喉頭部の痛みが激しくなったので、もしかしたら癌かもしれないと考え、急いで大阪に戻り、東区今橋一丁目の堀内謙吉医師の診察を受けた。堀内医師は陸軍軍医監堀内利国と緒方洪庵の娘九重の長男として、明治三年大阪に生まれた。ドイツ、オーストリアに留学し、フライブルク大学で医学博士の学位を取得、帰国後は緒方病院の耳鼻咽喉科部長をつとめ、後、開業した。

堀内医師は光線を当てて、

「これは切開する必要があります」といった。兆民は癌であることを悟り、「では切開してくれ」、といったが、友人、知人は書面でことごとくこれに反対した。癌を切開するのは極めて危険で、十中九までは助からない、といってきた。妻の弥子《いよ》も急ぎ大阪にやってきたが、同意見であった。結局、安静にして経過を見る維持策をとることにした。堀内医師も同意した。その数日後、兆民は再び堀内医院を訪ね、臨終まで、どのくらいあるか、と質問した。この間にやらねばならないことと、楽しむべきことがあると考えたからであった。堀内医師は、二、三分沈思黙考してから、言いにくそうに答えた。

「されば、一年半、よく養生すれば二年でしょうか」

「さようか、私は精々五、六か月と思っておった。一年とは豊かな月日である、ありがたい。いや、世の人々は一年半は短いと思うだろうが、私は悠久であると思う。もし、短い、というなら十年も五十年も百年も短い。生きている時には限りがあるが、死後は無限である。有限を無限と比較しても仕方がない、やるべきこと、楽しむべきことがあれば一年半は十分有意義につかうことができる。ありがたい」

兆民はこの後、堀江明楽座で竹本大隅太夫の「義経千本桜」を、文楽座で越路太夫の「仮名手本忠臣蔵」を聞いた。妻弥子が来阪すると「仮名手本忠臣蔵」をさらに二回聞き、明楽座で大隅太夫の「絵本太閤記」を聞いた。

五月二十六日、呼吸が苦しく安眠できなくなったので、堀内医院で気管切開手術を受けることになった。妻が心配して、兆民の従弟の医学博士の浅川範彦に電報を打った。すぐに浅川はやってきたが、堀内医師と同意見であった。さらに大阪の石神医師も立会い、手術は無事終了した。手術後はすぐ近くの浅尾家の一室を借りて、横臥療養することになった。堀内医院には入院の施設がなかったのかもしれない。堀内医師は毎日往診して傷口の手当をした。小手術ではあったが、はじめは痛みが相当あり、咳をすると痰は口から出ないで、胸から出た。声はほとんど出なくなり、すぐ近くでささやく程度であった。しかし、浅尾家の部屋からは、右に高麗橋、左に榮地橋が見え，前方には天神橋がかかり、夜ともなれば、両岸の明かりが水に映り、まさに水郭そのものであった。

気管を切開したとの噂は京阪間に流布したらしく、見舞状がたくさん来た。そこで、妻に予後は良好と返信させた。なかには根本的治療が成功したと早合点する者もいて、おめでとう、といってきた。東京からの来信中に長女の千美と長男の丑吉のはがきと封書があった。「御父上の御病気だんだんに御快復とお聞きしました、云々」と書かれていた。兆民は、ここはありのままではなくストイックに対処する他ないと思った。このとき、千美は満十四歳で竹早高等女学校生、丑吉は満十一歳、早稲田中学に入学したばかりであった。従姉の猿吉と女中の四人で小石川武島町の家を守っていた。

妻の弥子は、余命一年半については何の苦情もいわず、温泉にでも来て養生しているようであった。そのうちに傷口も癒えた。咳は止まらなかったが、六月十八日、小塚旅館に帰った。浅尾家に入院する前、妻と明楽座で大隅太夫の浄瑠璃を聞いたとあるが、演目は不明。妻は大隅太夫を聞くのははじめてであった。大隅太夫は、名人とうたわれた春太夫の弟子で、これまた三味線も古今無双と称せられた豊沢団平に従って、自然に春太夫の音節の奥義を会得したといわれていた。特に近頃の「壺坂寺」は団平がはじめたものだが、これを受け継いだ大隅の独擅場ともいうべきものであった。

兆民は退院すると妻と大隅の「壺坂寺」を聞くために明楽座にでかけた。明楽座は人形も、人形遣いも、道具も全て、文楽座に及ばなかったが、午後二時，三時になると続々と客が詰めかけ、満席になった。ただ大隅太夫一人を聞くためであった。

三十三か所の霊験は順次終わり、「壺坂寺」の段になった。大隅はその大きな身体を舞台に現し、有名な法師歌「夢が浮世か、浮世が夢か」と唄いだすと、その声は絶えるかと思ってもまた嫋嫋として続くのであった。沢市とお里の話はまさにその人物が舞台に出現したごとく、大隅太夫の存在そのものもなく、技もここに至ればまさに神であった。

「壺坂寺」は「壺坂霊験記」ともいい、明治時代に作られた浄瑠璃の演目、作者不詳、盲目の沢市は妻のお里が毎晩家を抜け出してどこかにいくので、男が出来たのではないかと疑うが、実は夫の眼が直りますようにと観音様に願掛けに行くのであった。それを知った沢市は疑ったことを恥じて、一緒に願掛けに行くようになった。しかし、沢市は盲目の自分がいてはお里の足手まといになると思い、満願の日に滝に身を投げる。お里も沢市が死んでしまえば、自分も生きていることはないと思い、身を投げる。二人の夫婦愛を哀れに思った観音様は二人を救い、奇跡のように沢市の眼もみえるようになった。絶大な人気を博した演目であった。

兆民は旅の身、手元に書籍もないので、とりあえず、「大阪朝日新聞」と「大阪毎日新聞」それに「万朝報」を克明に読むことにした。この時代はテレビもラジオもなかったのだから、新聞は、政治、社会の情報を得る唯一の手段であった。この「大阪毎日新聞」は東京にあった毎日新聞とは別で、現在の「毎日新聞」の前身である。「大阪朝日新聞」も同様。「万朝報」は東京の新聞なので、郵送で来たのであろう。

この間、五月二日、伊藤博文内閣が総辞職し、六月二日桂太郎内閣が発足した。兆民は桂内閣を、「極めて微弱なる立憲内閣、否、立憲内閣の幻影は消え、超然内閣」といい、「成立しただけで世の立憲政治家に向かっての宣戦布告である」と評している。「超然内閣」とは政党を度外視、無視する内閣の意味である。伊藤内閣はまがりなりにも政友会を基盤としていたが、桂太郎は政党とは無関係な山縣有朋系の人物であった。

六月二十一日、前逓信大臣の星亨が東京市庁参事会室で、伊庭想太郎に刺され即死した。兆民はこれを当日の夜、朝日新聞の号外で知った。星は江戸の左官屋の家に生まれ、代言人（弁護士）の資格を取り、後、政界入りをしたが、東京市参事会汚職事件のため逓信大臣を辞職、その後も政友会の院内総務として実権を振った。伊庭は徳川幕府講武所の剣術師範伊庭軍兵衛の二男、四谷区会議員学務委員長、東京市教育会発起人などを務めた。星の市井紊乱や、市教育会長としての専横を非難していた。兆民は「生きているときの星は追剥盗賊のように言われていたが、没するや否や偉人傑士のように言われている。世の中はまことに毀誉褒貶が常である」と書いている。

井田進也氏は、『一年有半』が書き始められたのは浅尾家の一室で、六月初めと推定している。最初は、近況報告、ないしは病状報告の形だったが、星亨の暗殺事件に言及してからは、政治、社会、交友関係などを筆の赴くままに自由に論ずるようになる。ここで注目すべきは、やむを得ない場合は暗殺も必要であると述べていることである。「社会の制裁力が微弱な時代には、悪を懲らし禍を塞ぐためには暗殺は必要欠くべからざるものか」。兆民にしてこのような意見ということは驚くべきだが、当時の風潮は人を殺すことにそれほど違和感がなかったことを示している。十年後の大逆事件で宮下太吉が爆烈弾を作ったのも、冤罪で十二人を死刑にし、判決からわずか六日後に死刑を執行したのも、今ほど人命尊重といった風潮がなかったことを示している。暗殺は、昭和になってから五、一五事件、二、二六事件を始めとして頻発し、多くの人命が失われた。そして十五年戦争へと続く。戦争する国は人命尊重などと言ってはいられない。お国のため、天皇陛下のため命を捨てることが奨励された。靖国神社はそのための施設である。

記述は、次に、従弟の浅川範彦が医学博士の学位を授与されたと続く。学問は古人の言葉を記憶するものではない。もしそうなら、それは呉服屋の帳面と何ら変わるところがない。学問には創見がなくてはならない。範彦が博士号を得たのはおおいに創見するところがあったためである。さらに日本には哲学というものがないと書く。世に哲学者といわれている人は西洋の哲学を輸入しているに過ぎない。哲学がない人民は何事をするにも深く考えることはなく、浅薄である。

七月四日、兆民は、大上練炭会社の薦めで小塚旅館を出て、堺市の町の同会社の事務所に移った。家屋敷は広大というほどではないが、庭園は十分に見る価値があり、空気は清涼であった。ここに居る者はさっぱりとして、ものにこだわらない人たちであった。兆民の筆は冴え、「伊藤博文は，才子、弁舌も巧みで一時を糊塗することがうまい。しかしこれは書記官の才能である。総理大臣の器ではない。総理になってから実績を見ると、下手な釣り師である。一匹も釣っていない。一言でいえば、野心は十分だが、胆力、知識とも足りない。内閣書記官長がちょうどいいところである。山縣有朋はずる賢く、松方正義は愚か、西郷従道は臆病、他の元老は筆を汚すまでもない。伊藤博文以下みな一日早く死ねば、一日国家のためになるであろう」と書いている。ここにも暗殺も場合によっては是とする考え方があるようだ。やはり、兆民の思想というより、時代の風潮であろう。

七日夕刻、兆民は妻と堺市の浜寺公園を散策し、酒楼一力で休憩した。兆民は「堺市の浜寺公園の風景はまことに絶景である。海岸には松並木が不規則に並び。その下を涼をとるため縦横に歩いた。この風景は須磨や、東海道の平塚に似ていた。一力は広壮な建築で、欄干に身を寄せて眺めると、空か海かは見分けがつかない彼方に、神戸と淡路島が見えた。

やがて西の空に黒雲が現れ、驟雨となった。波は岸を打ち、そうした中で鐘の音が響いた。この音を聞いて元気になる者もいるだろうし、哀れを感ずる者もいるだろう。私は余命一年半の宣告を受け、妻が看病してくれているが、これはむろん直ることを期待してのことではない。ただ死期を待っているだけである。私のように書を読みその理義を解する男子は、ときどきは重い病の身であることを忘れることもある。妻も私の感化を受け、今現在を楽しむ術を会得したようだが、私のように悠揚とした境地に遊ぶまでには至らないようである。私は財をつくることはまことに下手である。家には借金はあるが、貯えはない。それでこの重病にかかっている。悲惨といえば悲惨である。このとき私は妻にいった。君もすでに四十余歳、この後再婚の望みはないであろう。私とともに入水して彼の国に赴くのはどうだ。二人は大笑いした。帰りに南瓜一個と杏一籠を買った。帰宅は九時であった」と書いている。大体このあたりで「第一」は終わる。擱筆は七月十一日。

ところで、正岡子規は『仰臥漫録』と題した日記の十月十五日の項で次のように書いている。

兆民居士の一年有半という書物が世に出た由である。新聞の評によってその材料の大方は分かっているが、居士は喉に穴が一つあいているという。私は、腹、背中、臀といわず蜂の巣のごとく穴があいている。一年有半の期限も似たりよったりのようである。しかしながら、居士はまだ美ということを少しも分からず、それだけ私どもに劣るようである。理が分かればあきらめもつき、美が分かれば楽しみも出来るのである。杏を買ってきて、細君と食べるのは楽しみに相違ないが、どこかに理屈が潜んでいないだろうか。焼け付くような昼の暑さが去って、夕顔の白い花のもと夕風がそよぐところ、何の理屈がいるだろうか。

また、十月二十四日の日記には次のようにある。

『一年有半』は浅薄なことを書き並べているだけだが、死に瀕した人の著なればこそと新聞にて褒めちぎったためたちまち際ものとして流行して六版七版を重ねた。近頃「二六新報」という新聞に、自分は自殺しようとしている、という投書をした人がいる。その人の身元が分かってたちまち世の評判となった。それで自殺をしないですんだばかりか金三百円ほどと、品物若干を得、かつたばこ店まで出してやろうという人まで出来た。「一年有半」と好一対である。

子規は兆民に関心を持っていただけでなく、ライバル意識もあったのかもしれない。

「第二」は七月十二日から十八日の間に書かれた。「私の癌の一年半はいかなる状態になるであろうか。彼はおもむろに彼の進み方で進む、それ故私もまた自分の進み方で徐々に進んで、私の一年半を記述しつつある。一方の一年半は病である、私ではない。他の一年半は日記であり、これは私である。病気の一年半、近頃、やや速度を速めたようで、首の塊はかなり大きくなり、喉のあたりに緊迫感を覚え、夜は眠れるが、昼間は安眠できない。食事のとき、嚥下できないのではと思うこともあるが、実際はそのようなことは起こらない。一食に卵、二、三個、粥二椀、魚二匹、一日に牛乳四合を取っている。これによって、『一年有半』を記述することが出来るのである」。

また、居住する大上家の事務所について書いている。「私の堺の寓居は庭園は小さいが古色をおび深山幽谷の赴きがある。樫の木の一本は五、六本の幹に分かれているが、その幹の一つの外皮は他の幹を包み込むような感じになっている。大小数十の石や地面、さらに四つか五つの灯篭も苔に覆われている。唐の柳宗元風にいえば、樹木や石や灯篭など一切を配置した後、苔でこれらを包んだようだ。小池には錦魚が数十匹泳いでいる。私は毎日、吸入をし、薬を飲み、『一年有半』を記し、その間に庭に降りて魚に餌をやっている。大きなお盆のような亀がいる。しかし亀は先天的に野生のもののようで、人に馴れるということがない。時に水面に顔を出すことがあるが、足音を聞けばすぐに潜ってしまう。救いがたい生き物である」。柳宗元は、桂林の南、現在の広西壮自治区の柳州に左遷され、そこの長官を務めていた。優れた叙景文や紀行文を残した。柳々州とも呼ばれる。兆民はまた、政治、社会、人情については、筆の赴くままに書いている。すでに記したが、重要な部分を再度紹介しておく。「民権は至理であり自由平等は大義である。これらの理義に反する者は罰を受けるのを免れることができない。百の帝国主義があっても、この理義に反する者は滅亡する。帝王は尊いとしてもこの理義を尊重することによって帝王の尊厳を保つことが出来る。この理は漢土でも、孟子、柳宗元によって看破されている。欧米の占有物ではない」。

「第三」は七月十九日から八月三日の間に書かれた。「第三」で目を引くのは、三十一人の非凡人の名前である。学者は、藤田東湖、北里柴三郎、福沢諭吉、志士は坂本竜馬、橋本佐内、政治家は、大久保利通、勝海舟、西郷隆盛、星亨、大村益次郎、経済人は岩崎弥太郎、雨宮敬次郎、古河《こが》市兵衛、芸能人は、竹本春太夫、豊沢団平、越路太夫、大隅太夫などだが、物まねの猫八、大道芸の紅勘、落語の円朝、講談の伯円、常磐津の林中、長唄の和楓、囲碁の村瀬秀甫、歌舞伎女優久女八なども上がっている。力士は陣幕、鬼面山、雷電、境川である。しかし、伊藤博文、山縣有朋、板垣退助、大隈重信は入っていない。注目すべきは福沢諭吉、星亨の名があることだろう。この後、「万朝報社の理想団の諸君、諸君の志を達成するには政治はさて置いて、これを哲学に求めよ、哲学をもって政治を打破するのだ。道徳をもって法律を圧倒するのだ、良心を高く評価することによって、世の爵位、勲章を払拭するのだ。彼らは、貴人が着る紫や朱の衣装をまとい、楼上を飛ぶが如く意気洋々として、紳士と号し、貴顕と号している。こういった生きた藁人形は千里の外に放逐するのだ。ただ独り、爵位なく位もない真人こそがこういった志を果たすに足る人である」と書いている。

二十日過ぎに長男丑吉が早稲田中学が夏休みに入り来訪した。彼は毎日昼食後、大浜で泳ぎ、帰りに、蛤《はまぐり》を採ってきた。兆民は、蛤が大好物で毎日吸い物にして食していた。「パリのカフエーアングレーのスープよりも美味い」と書いている。また病気以来甘いものを好むようになり、粥に砂糖を入れ、桃や李にも砂糖を加えていた。しかし、喉のしこりは夕方の七時頃から八時頃まで痛んだ。「これは近頃の炎暑のためか、それとも『一年有半』を執筆して、社会各階級の皆を余力なきまでに罵っているのを、天が憎んで一年半をさらに縮めようとしているのかもしれない。そうであるならば、私もスピードアップして、一ページでも多く書き、一人でも多く罵倒し、一事でも多く破壊することだ。この暑さの中では健康な人でも眠るだけだが、私は毎日勤勉に筆を執っている。天もこの罵詈雑言の強かさに驚いているのではないか。お笑いだ」と書いている。

幸徳秋水が兆民の寓居に着いたのは四日の朝、八時頃であった。広い縁側の毛布の上に兆民は両膝を抱えて蹲り、切開した喉仏のところへ、奥様が布きれをあてていた。以下、「万朝報」の秋水の記事を中心に進めていこう。

「先生の顔は三月の末、東京を発ったときとあまり変わりはなく、意気は軒昂、談話はいつもの通りであったが、首の腫物は気管を圧迫しており、呼吸は僅かに喉の切り口からなされていた。そして先生はにっこりして、数帖の半紙を取り出して、これが学者の本分、社会と友人への告別、または置き土産だ、死んだら公にしろといわれた。一冊の参考書なく、炎暑の中、重病を抱えながら、一たび紙に向かえば滔々として数千万言、天馬空を行くが如くであった。まさに「筆愈神」（筆愈々神なり）で、感服の外ない。先生と奥様と令息と四人で話を楽しみながら昼食をいただいた。

午後は令息とともに浜辺で泳ぎ、帰ってきたら菅野道親の名刺があった。見舞いに立ち寄ったとのことである。先生の住居はなかなか広く、池があり、大木があり、花崗岩の灯篭があり、沢山の飛び石があった。そして全体に苔むしている。面白いのは三匹の狸がいることだ。牡は茂吉、牝はお美津、子は梅若という。冬は床下に引っこんでいるが、
夏は海水浴客で、旅館や料理屋が繁盛し、食べ物が豊富なので大抵は浜辺まで稼ぎに出る。茂吉とお美津は三百年を経て、子孫も多いから、食物には不自由しないが、梅若は若いので食物をやってくれとのことで、毎日、縁の下へ食物を差し入れる。ただし、狸先生、近頃は不在が多く、ときどき手水鉢の水を飲んでいるのを見かけることはあるが、いたずらはとんとしなくなったという。令息に誘われて離れの裏庭に行くと、茂吉大明神、お美津大明神、梅若大明神という一尺ばかりの旗が何本も立っていた」。狸が三百年とはおかしいが、誇張したのだろう。

秋水はこの晩は泊まり、五日は奥様に勧められて、堺見物に出かけ、妙国寺、祥雲寺などを見学、同伴した令息のために大寺で名物の餅を買った。大寺は関口神社の境内にある。

この日の午後、秋水は堺を発ち、大阪に一泊、六日には京都に立ち寄って、等持院などを見学した。既述のように、同寺は妻千代子の父師岡正胤ゆかりの寺である。正胤が一刀両断した足利尊氏の木造の首は継いで、剥げた塗料を塗りなおしたとのことで、秋水は何となく笑いたくなった。また、秋水は東京と京都の比較をしているので紹介しておこう。

「私は各地の電車に乗るたびに東京の鉄道馬車のみっともないのを思い出す。東洋第一の大都会の目ぬきの場所に、糞小便を垂れ流すのがいかに汚く、醜いかを見よ。上下前後にガタガタ揺れるときいかに乗り心地が悪いかを見よ、頭に編み笠を被った痩せ馬がいかに滑稽で悲惨であるかを見よ。これは東京市の恥ではないだろうか。京都は万事が保守的である。万事がイクジなしである。ただ電気という文明の利器は東京よりもはるかに利用されている。電話、電灯、電車だけでなく宿屋、料理屋、会社、工場その他の大家には多く電気の扇風機が据えつけられている」。京都など幾つかの都市には路面電車が走っていたが、東京は鉄道馬車だったことが分かる。

さて、秋水のこの記事には訪問の第一目的が書いてないが、無論『一年有半』の原稿を受け取りにきたのである。気になるのは、先の「天馬空を行くが如くであった」の部分であるが、これはやはり、揮毫ではないだろうか。『一年有半』の原稿と解釈するには無理があるように思う。また、同書第二に、先に引用したように、五代友篤君の遺児某女が小山久之助の手紙をもって訪れたとき、強いて声を絞り一、二語を交えた、とあるが、秋水は「意気は軒昂、談話はいつもどおり」と書いている。ここは『一年有半』の記述の方が真実なのであろう。「万朝報」の記事なので、秋水は筆を控えたと考えられる。

さて、秋水は、八月七日に帰京したが、追いかけるように兆民の八月十日付けの手紙が届いた。これは秋水の『兆民先生』に収録されているが、前に秋水の解説がついている。

「女性の涙は溶けて滴り落ちるが、男子の涙は凝固して落ちない。慰めは、落ちる涙によって得られるが、涙が流れ落ちない者はさらに悲痛が増すだけである。私が昨年八月、泉州堺の先生の病床を訪い『一年有半』の原稿を預かって帰京したが、先生のその後の書簡には一点の涙の跡もない。しかも不遇な天才の最後を映し出していて、読者は悲痛な思いを禁じえないのである」。次はその兆民の手紙。

このたびは十数年来の酷暑のなか、遠路わざわざおいで下さり、拙著について種々ご配慮下さったことを深謝し、かつ出版のことよろしくお願い申します。空谷《くうこく》の足音と申しますが、それよりはなはだしく、まさに難産の女性が助産婦に会ったときはこのようであったかとの感じでした。すなわち、わずかに産み落とした奇形児を託し申したあげた上は、頭をなで、産湯を遣わし、出来るだけ不具の醜さを取り除き、健全に育つようよろしくお願い申します。

空谷とは、人跡稀な寂しい谷間で、そういうところに待ち焦がれていた人の足音がした、という意味、兆民は『一年有半』を奇形児に例えている。

秋水は直ちに、博文館社主の大橋新太郎と交渉に入った。大橋は快く引き受けたが、本にするには原稿の枚数が足りないといってきたので、秋水は「百零一」と、「千代田毎夕」に兆民が書いた原稿を添えた。この頃、「万朝報」社主、黒岩涙香からも「引き受ける出版社がなければうちで引き受けてもよい」との申し出があった。秋水が全体の編集をし、目次と引（序文）

をつけて博文館に渡したのが八月十八日といわれている。「引」も秋水の筆である。

なお、大橋新太郎は文久三年（一八六三）越後長岡の生まれ、明治二十年（一八八七）父とともに東京に出て、博文館を創設し、同社を日本有数の出版社に育てた。昭和十九年（一九四四）歿世。なお、岩波文庫版『一年有半・続一年有半』の校注者井田進也氏は、大橋の出生は明治三年（一八七〇）としている。井田氏は一九三八年生まれ、大妻女子大名誉教授、比較思想史専攻。兆民の研究者である。

次は秋水の引。「引」は「はしがき」の意味で、「序」よりも短いとされる。

一年有半　初版表紙
明治34年9月2日　博文館

引

兆民先生は病んで泉州堺に滞在しておられる。私を召されたので、八月の四日にお宅を訪れた。先生は数帖の草稿を布団の下から取り出し、にっこりとして、いわれた。わが病勢は日に日に悪くなっている。余命はいくばくもないであろう。もし、一言も後人に告げることがなければ、読書の人といえるであろうか。それゆえ、このごろから筆を執って、この稿を書いてきた。私が亡くなった後、校訂して出版してくれ、といわれた。私は暗澹としてしばし答えることが出来なかったが、ようやく不肖私、謹んで仰せのとおりいたします、と答えた。先生には生前に出版しようが、死後出そうが、特に違いはないかもしれないが、天下の人々は先生の文を喉が渇くように求めている。私はいった。直ちにこれを出版したいのです。先生は笑って、よきに図れ、といわれた。私はこの原稿を持って東京に帰り、同門の先輩小山久之助君と相談した。小山君も異論はなく、これを大橋新太郎君に託し、出すことになった。一年有半、がすなわちこれである。先生は自分の没後これを出せといわれたが、直ちに出すことにした。先生はこれをもってわれらを責められることはないであろう。

本書の目次は先生の命により私が作ったものである。蛇足になったり、本文の趣旨と合わなかったり、先生の意にそわなかったりがあることを危惧している。

先生は政界を引退してから、筆を執ること少なく、ただ明治三十一年一月から四月に至る間、雑誌「百零一」に掲載された論文四つと、明治三十三年十月から本年三月までの間、「毎夕新聞」に寄せられた論文数十篇がある。今その散逸を恐れて、これらを巻末に収録した。その責の一切はわたしにある。

先生の写真は多くない。お宅にあったものは皆壮年時のもので、本書に収めたのはその一つで、フランス留学中のものである。

門生　幸徳秋水　拝識

ここでは布団の下から取り出したのは『一年有半』の原稿のようになっているが、秋水はこのこと自体はあまり意に介しなかったのではあるまいか。なお、「拝識」は謹んで記す、の意味。

『一年有半』は九月三日に書店の店頭に並んだ。本文一五四ページ、付録九十二ページ、定価三十五銭であった。初版一万部は三日で売り切れたといわれ、翌年九月までに二十三版を重ね二十万余部を売り切り、空前のベストセラーになった。

さて、兆民は九月六日、堺を発って、途中四泊して、十日に東京小石川武島町の自宅に戻った。そして直ちに帝国医科大学（現東京大学医学部）の岡田和一郎博士の診察を受けた。岡田和一郎（文久四年〔一八六四〕～昭和十三年〔一九三八〕）は愛媛県生まれ、苦学して帝国医科大学を出、同大学の耳鼻咽喉科の初代教授になった。岡田の診断は余命約四か月ということだったので、兆民はかねて念願の哲学的な著作に取り掛かった。『続一年有半』である。九月十二日、執筆開始、同月二十三日頃、脱稿と驚くべき速さであった。そして早くも十月十五日に博文館から刊行された。冒頭の「引」はやはり秋水が書いているので紹介しておこう。ただし、現代風に直した。

引

続一年有半、一名無神無霊魂は、兆民先生がその哲学的思考の一端を説かれたものである。先生の哲学は古今東西の学説の外、宗教の外に一歩を抜きん出た、ナカエニズムともいうべきもので、すでに一家をなしているのである。それで、これを詳述して一大著作をなそうというのが、先生の年来の志であったらしい。それには数年の準備がいるし、万巻の書を備えなければならないし、まったく俗交渉を絶たなければならない。その上で思う存分書くつもりだとしばしば私たちに語られたことがあった。しかし、残念なことに、先生がこれならよし、と満足して筆を執る機会は今日までついに訪れなかった。今年の四月から大阪で病に臥され、医師に余命は一年半と告げられた。それから近年稀な長雨と、続く猛暑である。健康な者でさえ耐え難いのに、不自由な旅先で、到底大部の著作を組織的に書くということは重病の人にできることではない。残念ながら『一年有半』が絶筆になり、哲学の著作は出来ないであろうと思われた。秋冷の候になったら書けるなら書きたいものだと先生は当時話されてはいた。

先月九月十日に、ようやく帰京されたが、無論病勢はますます進んでいるし、進みつつある。話すことが出来なくなった。腫物はしばしば痛み、談話はすべて筆談になった。一年半の約束の期間はだいぶ縮まりそうであった。不治の病だから療養の必要はないかもしれないが、少しでも時間があれば、せめて哲学の大要だけでも書き残したい。一日に五ページも書けば、二十日か一月《ひとつき》も生きていれば沢山だ、生きるというなら執筆開始だといわれるので、浅川博士を主治医として、橋本、岡田、両博士の診察を受けることになった。その結果二カ月余りは大丈夫ということになった。それなら、と書き始められたのがこの書である。

切開した気管からの呼吸は息も絶え絶えであり四肢五体は鶴のように痩せているが、一たび筆を執れば一瀉千里である。奥様はじめ一同が、そんなにお書きになると一層病気にさわりましょう、お苦しいでしょう、というが、書かなくても苦しさは同じだ、病気の治療は身体の治療ではない、著述を続けることだ、書かなければこの世に用はない、すぐに死んでもよいのだと答え、せっせと書き続ける。疲れれば休み、眠り、目が覚めれば書くというふうであった。

病室は廊下続きの離れの二部屋の奥の四畳半で、夜も一人で臥されている。夜半夢から覚めるとあたりは寂寥として人影がなく、四囲の蟋蟀の声を聞くとすでに墓場へでも行ったようである。心が澄み渡って哲学の思考にはもっとも適している。それで大抵は夜半に書くとのことであった。そうして一日に一時間か二時間書き、病気の悪い時には二、三日も休まれることもあったが九月十三日から始めてわずか十日ばかりで、二十二、三日には早や完結していた。今更ながらその健筆実に驚くべきである。ただ数年の準備をし、万巻の書を備え、組織的な大著作をしたいという多年の希望は、今はその日暮らしの貧乏の中で、一冊の参考書もなく、わずか十日か二十日のうちに病苦に耐えて、大急ぎで書き上げなければならないことになったのは実に情けないことである。本書は書き放しそのままで、一字の推敲も一句の修正もする余裕はなかった。書けば限りがなく、病気もかなり進んだので、このくらいにしておこう、と先生はいわれ、わたしに渡されたのである。それでぜひとも生前に発行を間に合わしたいと思い、急いで原稿を出版社に出した。

千万の瓦礫よりも一粒のダイヤモンドというが、たとえ長の月日を費やさずとも、大部でなくても先生の哲学の神髄骨子は、まさにこの書によって伝えられるであろう。われらはもとより、先生の学の万分の一も覗うことが出来ないが、もし後の世の人が広くこの哲学を一般に知らせようとすれば、この書に依拠することが多いと信ずる。これだけが不幸中の幸いである。

この書を『一年有半』の続とされたのは、事項は全く異なっていてもその日月はやはり一年半の期限内で、先生の境遇は少しも変わらないので、特にこのような題にしたのである。

巻末に先生の旧著『理学鉤玄』を附しておいた。これは古来の哲学諸派の学説を網羅して、よくその本質を述べたものである。一読すれば容易に西洋哲学とは何かが分かるのである。『続一年有半』を読む際の参考になるだけでなく、その文章は古来からの日本語の趣きを伝え、かつ力強く、後に続く者の模範になると信じたからである。

以上本書発行に至った経緯を明らかにする必要があると感じて、長々しくも「引」を草した。その僭越の罪を、深く先生と読者に謝するところである。

門人　幸徳伝　拝識

岩波文庫の『一年有半続一年有半』の年譜には九月十日に帰京して、十一日に岡田和一郎の診察を受け、余命四か月と告げられたとあるが、「引」では、浅川博士が主治医となり橋本、岡田の両博士の診察を受けたら「二カ月余りは大丈夫」となっている。文庫の校注者井田進也氏はこのことについて何も記していない。従って真実は不明である。

また「本書は書き放しそのままで」とあるが、井田氏は、兆民が書き上げた原稿は直ちに多くの門人たちによって秋水宅に運ばれて清書されたのだろう、とし、近年の研究から清書したのは秋水の妻千代子と考えられるに至った、としている。

『理学鉤玄』であるが、「理学」は既に述べたように「哲学」の意味、当時は「哲学」という語が定着していなかった。「鉤」は鍵、「玄」は奥深い真理で、奥深い真理を鍵によって引き出すこと、一般的には『哲学入門』または『哲学概論』と解してよい。

十月十五日に発行されたこの書は一カ月で十二版、計二万七千部が印刷され、翌年五月までに十七版を重ねた。昭和十一年（一九三六）に嘉治隆一編校で岩波文庫に入った。従がって井田氏版は文庫二代目である。

また、この頃、兆民は「文章経国大業不朽盛事兆民老人為幸徳秋水兄」と揮毫して秋水に贈った。秋水は書の右端に「中江兆民先生書易簀《えきさく》前一月所賜幸徳秋水」と添え書きして生涯座右から離さなかった。これは中国三国時代の魏の初代皇帝文帝（曾丕《そうひ》）の著「典論」にある。「優れた文章をつくることは国の大事業であり、永久に伝えられる不朽の事業である。」（大辞林）の意味。添え書きの「易簀《えきさく》」は、病床を取り換えるの意味から人の死をいう。すなわち、先生の死の一か月前に頂いた、の意味である。

中江兆民が死ぬ１ヶ月前に秋水に贈った色紙、右端の文字は秋水の筆跡

さて、この書の紹介であるが、当然『一年有半』よりも難しい。しかも、日本で最初の唯物論の立場での哲学概論だとされている。ともかく基本的概念だけでも紹介してみよう。ただ諸先生からお叱りを受けること覚悟の上で、思い切って分かりやすくデフォルメした。

まず副題は「一名無神無霊魂」となっている。従来の哲学はただ、人間という動物だけを取りだして考察していたので、神が存在するとか、死後は霊魂が残るなどと述べてきた。大切なのは人間という枠を破って、万物、および万物の本質を把握することである。神が存在するとか、精神は不滅であるとかは人間の勝手な言いぶんである。この勝手な言い分の根拠は「未来の裁判論」である。この世はまったく不完全なもので、善を行っても必ずしも褒められず、悪を行っても必ずしも罰せられるわけではない。それゆえ未来の世界の完全に整備された神の裁判で、善の大小、悪の軽重に応じて、それぞれに賞罰してこの世の不公平を正すという。しかし、人類の中のことは人類が、この世のことはこの世で解決するべきである。昔に比べれば悪人の多くは罰を逃れることはできず、善人は世の賞賛を得ることが多くなっている。

「未来の裁判」とは、地獄と極楽、天国と地獄などを指しているのは明らかであろう。地獄の入り口には閻魔大王が鎮座している。こういった考えを否定している。次は肉体と精神の関係である。

精神は本体ではない、本体から出てくる作用であり、働きである。本体は五尺の身体である。五尺の身体の働きが精神という霊妙な作用である。たとえば炭と炎、薪と火のようなものである。身体が本体なのだから、身体が一たび絶息すればその作用である視聴覚、言動は直ちに止むのである。身体が死ね

続一年有半　初版表紙
明治34年10月15日　博文館

ば精神は消滅するのである。薪が燃え尽くせば火が消えるのと同じである。

さらに、世界は元素の結合によって成り立っていると説く。ある数の元素がある割合で集まって、甲なる物質を作り、また相別れて他の割合で集まって乙という物質を形成する。故に、太陽や地球も億万年後には一旦離れて消滅するかもしれない。しかし、消滅したかに見えてもそれぞれの元素は消滅したのではなく、再び集まって別な物質を形成するのである。それ故、実質はすべて不滅である。これは熱力学の第一法則、質量保存則である。

ただ、ここで仏教の影響を指摘する人もいる。「一切衆生ことごとく仏性あり」(涅槃経)の思想である。(上山春平、『兆民の哲学思想』、桑原武夫編『中江兆民の研究』岩波書店、所収)西欧の思想はキリスト教と不可分の関係の中で形成された。絶対である神と、人類の罪を一身に贖ったのはキリストという教義は、存在するだけの人間に対して自己省察する人間を生み出した。即自的自己に対する、対自的自己である。人間が動物とは異なる最大の点である。精神が即自と対自に自己分裂するのだが、上山は、ここに弁証法があると見る。即自的自己から、対自的自己へ、そして両者の統一へと進む。ただし、この後兆民も、「何をしつつあるのか」、「何を言いつつあるのか」、「何を考えつつあるのか」と自省する能力が大事だといっている。つまり対自的自己である。この能力があれば人間、なければ獣と書いているが、人間は特別な存在とする考えはないようだし、弁証法という考えもないようである。

次に説かれるのは主観と客観である。主観とは、人間が事物に対して、見たり聞いたり、思考判断することがあっても、その事物が人間の意識の外に存在するかどうかは分からない。人間がその事物があると認めるから、存在するとする考え方である。一方、客観は、人間の意識の外に事物があって、その事物の影が人間の精神に映るというのである。反映論である。そして、観念はすべて、主観的であり、客観的であると言う。これは明らかに正当派唯物論とは違っている。いわゆる唯物論は人間の意識の外に事物が存在し、それが人間の意識に映っていると説き、主観論は認めない。観念が主観的であり、かつ客観的であるということは、観念は単なる主観の妄想ではなく、客観的な根拠を持っているということであろう。

五番目は観念の起源を説く。草や木、鳥や獣など一切のものは人間の五感を通して認識されるのである。形のないもの、正、不正、仁や善、自由とか平等、民主、共和制また独裁、差別といった抽象的概念も元をたどれば人間の五感を通して入ってきたものが精神のなかで、変化し、連絡し、温められ、醇化し、形象化され抽象的概念になったのであるという。

六番目は意志の自由についてである。古来からの哲学者は、人間は意志の自由を持っていると説いてきた。人間が何等らかの行為をする際、選択肢が二つまたは三つあるときはその一つを自由に選ぶことができる。もし、行為をする目的によってその一つを選ぶときは、善を実行しても、必ずしも褒めるべきではなく、悪を実行しても必ずしも罰するべきではないという。たとえば、善を実行することが、当人の利益になるといった場合であろう。古来からの哲学者は、人間の自由の精神は単なる利益によって左右されるような薄弱なものではない、といっている。しかし、果たしてそうだろうか。自由といっても平生習い覚えたもの、直接的な経験でなくても、聞いたこと、教わったこと、読んだことなど総合的な経験の範囲の中でいずれを選ぶか決めているのであり、自由といっても極めて制限された中での自由である。行為を選択するとき、一切の経験から離れ、純然たる意志の自由によるとすれば、平生の修養も、四囲の境遇も、時代の習慣も、学問もいらない、ということになる。そうではなくて、平素の修養等を大切にすることこそが過ちを少なくする唯一の手段なのである。

ここで、筆者のコメントを付け加えるならば、十七世紀オランダの哲学者スピノザも人間の自由を徹底的に否定した。彼は偶然を否定した。一切の事象はあらゆることが、原因となり結果となりして複雑にからみあっている。一切は必然である。偶然と見えるのは因果関係が余りにも複雑で、必然性が分からないからに過ぎないという。人間はある行為をするとき、その行為をするに至った原因を知らないので、自由だと思っているに過ぎない。では人間には自由はないのかというとそうではない。必然の法則を知り、その法則を使うことによって徐々に自由を獲得していくのである。たとえば、量子力学を知ることによって、パソコンなど多くの電子機器を手に入れることが出来たのである。

最後は「自省の能」についての考察である。これは自分が何をしつつあるのか、何を言いつつあるのか､何を考えつつあるのかを自覚し､反省する能力である。自省の能力があるかないか、これは精神が健全であるかないかの証拠である。日常のことに例をとると、酒飲みが「大変に酔った」､「大酔いである」などといっている間はさほどには酔っていない。少なくとも自省の能力が失われてはいないのである。私にはこの自省の能力があるので、自分がした事が、正か不正かを知ることができる。私の行為は、他人に知られる前に、これは道徳に反する、これは法律に背くと判断できるのである。道徳とは正不正の一般的観念と、自省の能力を基礎に成立しているのである。

世の中にはこの自省の能力が微弱な人物が多々いるが、その人は世界不幸の極と言わなければならない。たとえ、高貴な身分であっても、富貴であっても茫然と時を過ごし、人間なんてこんなものと思って一生を送る者もいる。これはものを食べても味を知らないのと同じで、わが日本の旧華族の大旦那は大体はこのような人である。これに反し、たとえ貧しくても自省の能力によって自己を点検し、天を仰いでも、地に俯いても恥じるところがなく、自ら楽しみ、「菊を東籬の下に採る、悠然として南山を見る」の境地に遊ぶ人はその幸福は測り知れない。自省の能力があるかないかは、あれば人、なければ獣である。

「菊を採る…」は唐代の陶淵明の詩。第一章「総論」では時間と空間について論じているが、時間、空間、世界には始めはなく、終わりもない、と書いている。世界とは何を指すのか不明なので、時間と空間をとってみると、現代物理学は、この宇宙は百三十八億年前に誕生したという。その前には時間も空間もなかった。終わりについては現代物理学は何も言ってない。宇宙は膨張を続けているので、そのエネルギーはどこから来るかというと暗黒物質とダークエネルギーであるという。もちろん地球や太陽、星、われわれの身体などを作っている物質もあるが、これはわずか四・九パーセントであり、暗黒物質は二十六・八パーセント、ダークエネルギーは六十八・三パーセントであるという。「続一年有半」は百年以上前の著述なのでこれらのことを念頭に置いて読むべきだろう。

さて兆民の病状である。十一月三日夜、気管に挿入しておいたカニューレ管が外れて呼吸困難に陥った。間一髪、岡田和一郎博士が駆けつけ一命を取り留めた。翌日も管の内部が詰まり、以後急速に体力が落ちた。十一月二十九日、河野広中夫人の紹介で雲照律師が来訪し、祈祷を行おうとするが兆民はこれを拒否、筆談用の石盤を投げつける真似をしたという。雲照律師(文政十年一八二七~明治四十二年一九〇九)は島根県生まれ、真言宗の僧侶、真言律を復活させたことで知られる。

十一月の下旬になると意識の混濁がみられるようになる。十二月上旬、遺体の解剖を遺言。十二月十三日午後七時三十分、悪液質性衰弱により永眠。十四日、東京帝国大学医科大学病院で解剖、食道癌と判明。十七日青山会葬場で告別式、無宗教での告別式の最初といわれる。会葬者五百余名、遺骨は青山墓地の母柳の墓の横に埋葬された。墓碑は建てられなかったが、大正四年(一九一五)、友人、門下生らによって「兆民中江先生瘞骨《えいこつ》之標」が建立された。「瘞骨」は「埋骨」の意味。

ここで幸徳秋水の『兆民先生』の第九章「末期」が簡にして要を得た文章なので、紹介しておこう。ただし、現代風に直す。

先生は明治三十四年十二月をもって、小石川武島町の自宅で没した。享年五十有五、余命一年有半の宣告をうけてから、九か月に満たなかった。先生を知る人も知らない人も皆悼み悲しんだ。

これより先、先生は大阪の堺に滞在中『一年有半』を著し、東京に帰ってから『続一年有半』を執筆した。世人はこの経緯はよく知っていることであろう。十月『続一年有半』が出版された後、先生の苦痛はますます激しく、ときどき石盤に、私は今や一つの欲望もなく、一つの執着もない。ただ死が速やかに訪れることを望むのみである、長く苦しむよりも別に何か方法があればそれをしたい、と書いた。

十一月に入って、先生は池を眺め、床の上で書画を描き、筆を洗って苦痛を緩和しようとした。書かれた作はみな旧知の者にお別れとして与えた。先生は笑って、私は人生の万事を取り、全てを放棄した、ただ文雅の楽しみは今になっても忘れることが出来ない、奇というべきである、と言われた。この月の下旬、病ますます重く、頭脳は昏昏として、ときには夢と現実の区別がつかなくなった。筆談の文字はしばしば転倒し、書は形をなさなくなった。釈雲照が病室を訪れ祈祷をしようとしたのはこのときである。十二月初旬、病はにわかに革まり、十三日の午後、先生は遂に起たれることはなかった。

翌十四日午後、親戚の浅川範彦、葛岡信虎、友人の小島竜太郎、門人の初見八郎、原田十衛の諸君が先生の遺骸を大学病院に送って解剖に処した。私もまたお供をした。最初に岡田博士の説明があった。次いで山際博士の執刀で喉頭から臍下まで一気に開いた。私は人体の解剖を見たことがなかった、慄然として、顔を覆う外なかった。その後、肋骨を切り、肺と胃を出し、咽頭を調べた。バリバリ音をたて、それはまさに包丁で牛を割くような感じであった。

この夕方、遺骸を棺に納めた。何人かが頭の方を抱き、私は両脚をくんだ。取り囲む男女は数十人、すすり泣きの声が室内に充ちた。私もまた涙が落ちるのを止めることができなかった。暗闇に走ってながく慟哭する者もいた。十七日、青山会葬場で葬儀を行った。先生の遺言によって一切宗教上の儀式は用いなかった。式は板垣退助君の弔問朗読に始まり、大石正巳君が一場の演説をし、野村泰亭君はまた弔問を朗読し、土居道豫君は故人を悼む漢詩を吟じ、他、二、三の諸君が追悼の詞を朗読した。一同皆棺前に敬礼して散会した。参会者は五百余名であった。（以下略）

文中大石正巳君が演説をしたとある。かなり長いものであるが、終わりの一、二を紹介しよう。大石正巳（安政二年一八五五～昭和十年一九三五）は高知県出身、はじめ自由民権運動に参加、明治三十一年（一八九八）第一次大隈内閣（隈板内閣ともいう）の農商務大臣となる、衆院当選六回。『一年有半』で、兆民は、「心が広く、公平、すこぶる誇り高く、出来ないことはないようであるが、実はそうではない。その守るところはほとんど頑固といってもいいだろう。執着力は弱く、往々にして始めは脱兎のごとく終わりは処女のごとくなる欠点がある。己を恃むところをもう少し少なくすれば好個の二十世紀の政治家となるであろうか」と記している。

世の中には往々にして欲得によって動く、名誉心に駆られて動く人がいる。これは普通の人の人情である。けれども中江君には一点の欲心がない。一点の名誉心もない。虚飾を排斥し、貴族的にして、すべてこれらに悖った婉曲なことを嫌う。面と向かって気に入らぬところを言い、またその人の前でその欠点を表情豊かに論ずる。しかし、人は中江君を恨んだことはなく、中江君を憎んだ者はいない。これは中江君が徹頭徹尾私心がなく私欲を求めるところがないからである。逆に中江君を愛すると情念が深くなるだけであった。従来この世の中には国を使って己を利する者はいたが、己を空しくして国に尽くすという気風はまことに乏しかった。君は実に終始一貫して国のために尽くされ、遂に死後はその身体を医学界の研究のために解剖するように、との遺言をされた。死に至るまで尽くす人はいるが、死んだ後にもなお国のために尽くす、学術界のために尽くすという人は実に稀である。世の中には高貴にして富裕、高い身分の人が生きている間に功をなすことはあるが、死後、その身体を解剖させるということはなかなか難しいことである。(以下略)

この当時、遺体解剖は極めて稀であったことが分かる。兆民の死去は十二月十三日であったが、九日の夕刻には田中正造が秋水宅に来訪、明治天皇への直訴状の代筆を頼んだ。秋水は、徹夜して書き上げ、十日の早朝正造に届けている。しかも正午近くには毎日新聞社を訪れ、石川半山、木下尚江と話し合った。当然、看病にも行ったはずである。十二日、兆民の枕頭につめていた秋水に麻布宮村町の自宅が家宅捜索されたという連絡が入った。まもなく警視庁から出頭命令があり、田中正造の直訴を弁護した「万朝報」の「臣民の請願権」について取り調べをうけた。この間の秋水の活動は驚くべきといっていいだろう。

最後に明治四十年（一九一〇）五月発行の「文章世界」第二巻五号の秋水の「文士としての兆民先生」を紹介しておこう。

先生は常に言った。日本の文字は漢字である。日本の文章は漢文くずしである。漢字の用法を知らないで文字の書けるはずはない。翻訳などをするものが、勝手に粗末な熟語をこしらえるのは読むに堪えない。これらは真に適当な訳語がないのではない。漢文の素養がないので知らないのだ. 等々。先生は実にフランス学の大家であるだけでなく、また漢学の大学者として、諸氏百家読了しないものはなかった。西洋から帰ってフランス学塾を開き子弟を教授していた後も、岡松甕谷先生の門に入って漢文を作ることを学んで怠らなかったのである。（以下略）

以上、中江兆民の死をもって本稿を終わることにする。続きは「中期の幸徳秋水」（仮題）として稿を改め、書くつもりである。

主な参照文献

中江兆民全集　八三年〜八六年　岩波書店
河野健二編　日本の名著三六　中江兆民　八四年　中央公論社
井田進也校注　一年有半　続一年有半　一〇年　岩波文庫
桑原武夫編　中江兆民の研究　六六年　岩波書店
飛鳥井雅道著　中江兆民　〇五年　吉川弘文館
松本清張著　火の虚舟　六八年　文藝春秋社
松永昌三著　中江兆民評論集　一一年　岩波文庫
吉田傑俊　福沢諭吉と中江兆民　〇八年　大月書店
桑原武夫・島田虔次　訳　校注　三酔人経綸問答　六五年　岩波文庫
幸徳秋水著　兆民先生・兆民先生行状記　六〇年　岩波文庫
家永三郎著　植木枝盛　八一年　岩波新書
林茂編　明治文学全集一三　中江兆民　六七年　筑摩書房
（小島祐馬著　中江兆民　四九年　アテネ文庫　が全文収録されている）
土方和雄著　中江兆民　五八年　東京大学出版会
山口光朔著　異端の源流　中江兆民の思想と行動　六一年　法律文化社
松永昌三著　中江兆民　六七年　柏書房

現代日本文学全集五二　中江兆民、大杉栄、河上肇集　五八年　筑摩書房
嘉治隆一著　中江兆民　五六年　国土社
中島博昭著　鋤鍬の民権　松沢求策の生涯　七九年　銀河書房
滝井一博著　伊藤博文　知の政治家　一〇年　中公新書
現代日本文学全集六　正岡子規、伊藤左千夫、長塚節集　五五年　筑摩書房

幸徳秋水全集　六八年～七一年　明治文献
伊藤整編　日本の名著四四　幸徳秋水　八六年　中央公論社
山泉進校注　幸徳秋水著　帝国主義　一一年　岩波文庫
神崎清著　実録幸徳秋水　七一年　読売新聞社
糸屋寿雄著　幸徳秋水研究　六九年　青木書店
松本衛士著　長野県初期社会主義運動史　八七年　弘隆社
日本現代文学全集三二　社会主義文学集　八〇年　講談社
初期社会主義研究一四号　〇一年　初期社会主義研究会
木下尚江著作集　六八年～七三年　明治文献
田中正造全集　七七年～〇〇年　岩波書店

補説

「初期社会主義研究一四号の山泉進氏の「『帝国主義』という書物の外部で起きた事」という論文によると、秋水の『二〇世紀の怪物帝国主義』(以下帝国主義)は一九一〇年九月三日に発売禁止になった。一九〇一年四月二〇日発行となっているので、一〇年後である。ということはこの間に広く読まれたと推定できる。この時期に『社会主義神髄』『兆民先生』『長広舌』など秋水の著書のほとんどは発売禁止になった。唯一刊行を許されたのは死の直前に刊行された『基督抹殺論』のみであった。片山潜、田添鉄二、木下尚江らの著書も発禁となった。

さらに戦後である。一九四八年、秋水の選集が企画されたが、なぜか『帝国主義』が入っていなかった。山泉氏は、マハン大佐のことやフィリッピンの植民地化のことなどアメリカ批判が遠慮なく書かれていたからGHQの検閲を通るのが極めて難しいと判断したからではないかと述べている。同氏校注の岩波文庫の『帝国主義』の解説にこの間の事情が詳しい。

あとがき

中江兆民は最晩年の著『一年有半』で、「余明治の社会において常に甚だ不満なり」と書いている。著者が今回思ったのは、自由と平等を求めるものは常に権力と対立するということであった。この点では明治の世も、今の世も変わっていないのである。いわば地続きなのである。

日本の社会は一九四五年を期して確かに変わった。日本国憲法は「国民主権」、「基本的人権」、「平和主義」を高らかにうたい、自由と平等を保障した。

しかし、である。戦後七〇年、いつのまにか「国民主権」も「基本的人権」も空念仏となり、自由は制限され、平等は絵に描いた餅になりつつある。そして今、「平和主義」も弊履のごとく捨て去られようとしている。一五年戦争の当初満州事変の頃は国民の多くは戦争を望んでいなかった。ところが、太平洋戦争で真珠湾の奇襲攻撃が成功すると国民は狂喜した。戦争に反対した人たちは殺されるか、監獄に入れられてしまった。今、集団的自衛権に反対するうねりは空前のものなっている。うねりは明治の頃とは確かに違う。歴史に学ばない者は未来に対しても盲目である（ワイツゼッカー）、という。これをあくまで持続することが歴史に学んだことだし、挫折は明治の世と今の世は同じということになる。つまり、地続きということである。

前回「百年後の友へ、大逆事件の新村忠雄」を書き、新村に影響を与えた幸徳秋水、さらに中江兆民とさかのぼってみたくなった。もとより、浅学菲才の身、出版に値するものかどうか、心もとないのであるが、かりばね書房社主の吉岡和男氏の薦めもあって決断した。ほとんどは

あとがき

同人雑誌「構想」に掲載したものである。

なお、明治時代の漢語まじりの文は思い切って現代風になおした。現代語訳があるものは参考にさせていただいた。原文と意味が離れてしまったところもあるだろうが、ご容赦いただきたい。また、注は止めて本文にくりいれた。最後になりましたが、吉岡和男氏と帯文を書いていただいた陽羅義光氏に心から御礼申します。

崎村　裕

崎村　裕（さきむら・ゆたか）

本名　清野龍
1937年　長野市生まれ　信州大学文理学部卒
日本文藝家協会員、日本ペンクラブ会員、全作家協会常務理事。
小説「煩悩」（邑書林）にて第21回日本文芸大賞自伝小説賞受賞

著　書「百年後の友へ－小説・大逆事件の新村忠雄」（かもがわ出版）、小説「三重塔」、「本量さん」（かりばね書房）他多数
共　著「金子みすゞ、み仏への祈り」、「山頭火　徹底追跡」、「真田幸村・歴史・伝説・文学事典」（勉誠出版）、他多数

兆民と秋水　―自由と平等を求めて―

二〇一五年　十一月　十日　第一刷発行

著　者　崎　村　裕
発行者　吉　岡　和　男
発行所　株式会社かりばね書房（法規文化出版社）
〒三三八－〇〇一二　さいたま市中央区大戸一－三七－九
TEL　〇四八－八五三－七五三一
〒一〇一－〇〇四七　東京都港区赤坂三－二十一－五
TEL　〇三－六八九三－〇六七八
http://karibane.sub.jp/
振替東京　〇〇一四〇－〇－七〇三五七
定価　一五〇〇円＋税
ISBN 978-4-904390-12-2